uma álgebra selvagem

Víctor Rodríguez Núñez

uma álgebra selvagem

[certos poemas 1979-2018]

Tradução de
Prisca Agustoni
e Edimilson de Almeida
Pereira

jabuticaba

Dados Internacionais de Catalogação na Publicação (CIP) de acordo com ISBD

N992a Núñez, Víctor Rodríguez

uma álgebra selvagem / Víctor Rodríguez Núñez ;
traduzido por
Prisca Agustoni, Edimilson de Almeida Pereira. - São
Paulo :
Edições Jabuticaba, 2023.
180 p. ; 14cm x 21cm.
Inclui índice.
ISBN: 978-85-93478-23-9
1. Literatura cubana. 2. Poesia. I. Agustoni, Prisca. II.
Pereira, Edimilson de Almeida. III. Título.

CDD 868.99231
2023-1718 CDU 821.134.2(729.1)

Elaborado por Odilio Hilario Moreira Junior - CRB-8/9949

Índice para catálogo sistemático:
1. Literatura cubana 868.99231
2. Literatura cubana 821.134.2(729.1)

Tradução: Prisca Agustoni e Edimilson de Almeida Pereira
Revisão: Agnes Ghisi
Preparação: Cesare Rodrigues e Marcelo F. Lotufo
Design miolo: Cesare Rodrigues
Capa: Marcelo F. Lotufo,
sobre imagem de Antonio Eligio Fernández (Tonel)

9788593478239

Edições Jabuticaba
www.ediçõesjabuticaba.com.br
www.facebook.com.br/Edjabuticaba
instagram: @livrosjabuticaba

SUMÁRIO

uma álgebra selvagem

para Katherine Marie Hedeen

fábula

para Ernesto Román Orozco

esse pássaro come
a grandes bicadas o silêncio
o procura entre as folhas desfeitas
e é um calafrio
no único galho da tarde

logo levantará voo
será uma nuvem rápida
sobre serras azuis
onde somente florescem
minha mãe e as estrelas
serão as vísceras o canto
o olho já sem dono
o que vira poeira
pedra que dessangra
contra o arco de chumbo do disparo

mas esse mesmo pássaro volta
renascido do fumo e das cinzas
e pousa novamente
como um ninho
no único galho da tarde

prólogo a *o arvoredo perdido* de rafael alberti

quando o cometa halley
esse velho meliante dos céus
atravessou a facadas o ventre da noite
minha avó
                                que todavia não era a avó
de ninguém nesse mundo
sonhou ter seus limpos cabelos
e colocou no pilão seis ovos de pardal
que se tornou sei lá como *poeira apaixonada*
para refazer seu rosto úmido
à triste maneira da lua

já em outro canto deste planeta
que gira como um enxame de vespas
quando o cometa halley
mantinha ensanguentada de noite sua faca
um menino gaditano com olhos de baía
quis pentear a fugaz cabeleira do céu
com seu tridente de marinheiro em terra firme

teve que passar desesperado o século
cicatrizaram-se as feridas da noite
o menino não é o menino
                                                        é um velho
poeta do desterro que volta
a avó não é a avó
é uma abelha
                                     que fere a alma
de outro menino que na lembrança
penteia a limpa cabeleira
                                                      de uma noite do mundo

um poema com tigre

para Alex Fleites

me persegue o tigre de blake
o ouro de sua pele
o fragor de sua impaciência

ontem enquanto chovia
assaltou uma reunião do meu comitê de base
e não ficou um papel no lugar
nem sequer as atas
mais difíceis de levantar
bebeu os olhos de um amigo
e de um golpe desnudou esther
precisamente esther
e seus peitos de madeira abençoada
tremeram no ar
cheirando a laranjas que pressentem o fogo

me persegue o tigre do blake
sua poderosa respiração de astro
o ardor de suas garras

nunca terminarei este poema

lógica

já pensou que
quando faltam as nuvens
e cai algo como pólen solar
um poema pode ser uma garota
foi essencialmente
porque esse mesmo poema também
pode ser uma fábrica
sobre todas as coisas
se a fábrica é uma garota
tocando suas sirenes
contra o mundo
deitada à toda máquina sobre a grama
vapor ternura sonho
queimando os azeites mais doces mais difíceis
para fundir uma vez mais a vida
e assim logicamente demonstrar
quando as nuvens se carregam de pólen
amadurecido com luz
que esse poema pode e deve ser
antes de mais nada
um poema

hipótese

pensava ptolomeu
que o mundo era como o olho de certas mulheres
uma esfera de úmidos cristais
em que cada astro descreve uma órbita perfeita
sem paixões marés ou catástrofes

logo copérnico trocou senos por pombas
cossenos por espantos
e a pupila do sol foi o centro do universo
enquanto giordano bruno crepitava
para a felicidade de padres e maridos

galileu então
estudando a fundo o coração das meninas
naufragou no bom vinho
luz que aglutina o sol
e antes de morrer sobre o rastro de um cometa
sentenciou que o amor era infinito

kant por sua vez não sabia nada de mulheres
preso na borboleta dos cálculos
em pólen metafísico
e a hegel tão abstrato
o tema lhe pareceu absoluto demais

quanto a mim, proponho ao século XX
uma hipótese singela
que os críticos chamarão de romântica
oh garota que lê este poema
o mundo gira ao redor de você

com raro cheiro de mundo

acaba de chegar césar vallejo
e traz queimaduras da guerra
quebrou o bastão de espancar sombras
a sobrecasaca turva como sempre
                                        de tristeza

acaba de chegar césar vallejo
com seu esqueleto de ossos roubados
e o sorriso seco
o coração um nó de lenço
quarenta anos de febre no olhar

acaba de chegar césar vallejo
pergunta pelo che e pelos asnos
saúda os ausentes
e começa um poema simplesmente humano
com raro cheiro de mundo

autorretratos

aqui está o cavalete
de juta e linho seu fundo puro
esticado no quadro
a paleta ovalada suas iluminações
azul cobalto preto marfim
amarelo nápoles
um jogo de pinceis uma espátula
e um gole de aguarrás
faltam somente a luz
a mão torpe algum desengano
teu rosto *hipócrita leitor* quieto

um muro em carne viva
quatro palmeiras reais apagadas
como todas as frases de meu filho
um cachorro nos ossos
latindo contra a própria sombra
um ônibus de fumo que não parte
sobre sua própria nuvem
a linha úmida do horizonte
onde nada te espera
tudo sereno pulcro ordenado
a ponto de estourar

mitomania

verdade é o lagarto o cesto de lírios o revólver a verdade como
a inveja está por todo lado até no céu onde brigam os astros a
verdade é a única sombra que não cega pergunta àquele que
sangra por causa de um punhal de neve verdade é a gema o
amanhecer o flamboyant a nuvem como o triângulo a verdade
é vermelha e me calo pois já contei mentiras demais

se você disser a verdade vai ficar sozinho até tritão a lua de
netuno bem poderia não ser um mundo inerte e estar toda
coberta de vulcões de gelo e geada de nitrogênio eu disse a
verdade e me arrependo até o próprio netuno bem poderia
ter seu campo magnético inclinado e mostrar suas auroras
fragrantes não nos polos mas no equador não me deixe mentir

a verdade acima de tudo embora me custe como minha mãe
a verdade é ingênua não há moral sem verdade embora custe
a vida sem verdade não amanhece e assim como eu a verdade
é imatura não há arte sem verdade embora custe sem verdade
não há sentido como meus filhos a verdade é cândida não tem
amor sem verdade embora custe a morte a verdade acima de
tudo nunca se esqueça dessa grande mentira

instantânea

e de repente a poltrona
                                        como se escutasse
as primeiras palavras da chuva
está se movendo sozinha
no canto mais lógico do quarto
onde a luz é escassa
e germinam uns sapatos velhos

quem a para agora
após esse relâmpago
que levanta a saia da vizinha
desse relógio adormecido
desde as nove e vinte que acorda
deste papel com flores
para nenhum presente onde escrevo

certo de que tudo é para sempre

senha

à entrada do báltico
te esperam as gaivotas

a água será escura
como um dos teus sonhos sem verão
a costa será clara
                    como nada de mim

à entrada do báltico
ali eu as deixei

o céu estará perto
quase poderás tocá-lo com meus dedos
o barco se afastará
                    como nada de ti

guarda a senha
todo bom coração é um binóculo

happy birthday

quando tudo já se afasta de mim
e entro na desmemória
esse céu sem música
                                        sem ódio
como um astro perdido

quando tudo já se afasta de ti
e desse inconfundível
penetrante cheiro de nada que brota
do teu centro
                        estrela desmentida

quando tudo já se afasta de tudo
e a menor distância
que bate entre dois pontos
é o que nos desune
                                        voltei a arder

cinzas de infinito

arte poética?

para María Santucho y Víctor Casaus

herdei uns olhos míopes
                                        um nariz bissexto
uns lábios que não posso juntar
um cabelo de camelo
além de um corpo de atleta aposentado

também o gênio ruim do meu pai
a dor de lado da minha mãe
a mancha suspeita de minha avó
a cólica nefrítica deles todos
e até as febres constantes de meu filho

razões que me obrigam
a ter uma má opinião sobre a beleza

à memória de

se esqueceu da espingarda de madeira
que uma tarde sem asma te consagrou o avô
o ardente churrasco
com sua roleta canhota
os peixes amarelos que bebiam as vacas

se esqueceu também da ameixeira parida
as tábuas de milho que debulhava o vento
e a locomotiva
que uma manhã inteira
manchou tua última camisa da infância

mas não te demores
apenas queria te lembrar que
já sabes esquecer

cayama revisited

Todas as viagens, todas as minhas
viagens, são viagens de regresso
Léon de Greiff

algo range atrás das palavras pode muito bem ser a lua agarrada num gomo de deus que vomita um fio de aranha sem desamarrar bem o cerníçalo de névoa que bate contra o rosto de minha mãe atrás das abelhas da meia-noite ou então o latido inconfundível das espigas inflamadas e as flores recém-possuídas pelo orvalho

mas a todos importam as douradas cinzas bairro que dormiu em mim e que abandona seus ovos de cristal sobre as nuvens que brotam em brasas de silêncio silêncio como chuva ensolarada que ainda não caiu mas espera atrás do aromal um sinal já dado pela asfixia do avô avô que avança com o facão na mão até o espelho ou melhor contra o nada

fio que roubei de minha avó e era puro como o sangue dos oleandros que não piam desde ontem que roubei de tia guisa e estava turvo e não serviu para empinar o céu que roubei de tia cuca e era débil porque estava atado entre as vísceras do pluviômetro que roubei de minha mãe e não rebentará ainda que tire dele a primavera algo range atrás das palavras

por aqui anda minha casa e juro por deus não tê-la vendido nem perdido na caligrafia do caminho com suas vinte pupilas de madeira para o vento de outubro que lhe tire a poeira da alma e rompa os vitrais do silêncio a casa que habita em mim e que protejo das tormentas no cio dos sois assassinos mas a todos importam as douradas cinzas

engenharia naval

a estrela do leme
recém-cortada
do jardim da noite
esse casco com algo de violino
que perdeu as cordas
o mastro que floresce
relâmpagos entre nuvens de ontem
tudo range no barco
que meu filho pintou

para meu pai
o capitão
escrevo barcos
será meu pai esse sonho que tive
quando dormi em cayama
com a pequena almofada da minha mãe?
eles são de papel
mas só naufragam
quando não arde a tinta

barcos que vêm
do fundo do oceano
barcos que vão
aos portos do céu
barcos sem rumo fixo
do nada ao nada

poema com pardais

para Pável Grushkó

através da janela entram os pardais
que não sabem voar
eu lhes ofereço unhas
ideias fermentadas
migalhinhas de espanto

brilha o duplo cristal dos domingos

através da janela entram os pardais
que não sabem voar
eu lhes ofereço sardas
essa memória áspera
casquinhas de angústia

só falta a moscou a sombra das árvores

através da janela entram os pardais
que não sabem voar
lhes ofereço dentes
uma música obscura
sementes de ansiedade

de qual parte do céu será o vinho?

drama de marco polo

para Maragaret Randall

algo vi do mundo
as tempestades de pó de manágua
a neve já nua
nos pinhais do caminho para smolyan
e como discutem as bandeiras na torre
da universidade de porto rico

algo vi do mundo
as pedras encantadas de palenque
a baía de mel
que se esqueceu do verão em ponta delgada
e aquela praça vermelha
pintada por kandinsky

algo vi do mundo
e isso aprofunda minha dor
nada me pertence

vamos ver se me explico

para Eduardo Heras León

poesia é algo na verdade possível se prescindirmos das palavras a ausência de cor melhor dizendo a luz com que os astros se saúdam o descanso não o movimento e por isso a dança coagulada o cenário abandonado pelos comediantes a obra que vê cada noite o contrarregras o silêncio e não a música essa ferida por onde tudo se dessangra o relâmpago na tela quando deus troca a bobina josé martí com o grilhão e não a pedra no meio da praça

poesia é estar sentado diante dessa mesa e escrever com letras azuis a palavra *poesia* o vento que sobe do lago e que refresca a noite de carvão aceso de manágua descobrir-se os gânglios inflamados e amanhã ter que madrugar para as análises o relâmpago do trem e o trovão do avião ou seja o anúncio de qualquer partida ter feito trinta e três anos e intuir os centuriões os pregos e a cruz a carta em que meu filho me diz que *creo boy a hacer de tu tamaño*

poesia é o sentido de minha vida o que pouco importa pois esses são os poemas de ninguém

nuvens

algazarra de nuvens
que não me deixam ver
                    a tez do touro ferido
luzes que se saúdam
mesmo sem se conhecerem
planície castelhana
árida como esses versos no fim

só vi seus olhos
mãe fechada em preto
pelo lenço branco
capricho das nuvens
emudecer o céu da página
mansos olhos de ulisses
que tecia e destecia como feroz penélope

eu não durmo vigio
as nuvens do deserto
que navegam no mediterrâneo
nem uma só ilha por testemunha
somente o rastro do sol
que não seguem as naves nem minha alma
marinheira de espaços

e de repente áfrica
sombras que se entrecruzam
como densos relâmpagos
as linhas da tarde
                    que enredam o azul
na bolsa vomitarei palavras
não se pode confiar na beleza

cantina em cochabamba

algo já deves saber da vida
pois a terceira rodada
sempre bota as coisas em seu lugar
ou pagas ou ficas
apoiado na haste de latão
que em algum momento precisa fechar

o mais longe que irás
se conseguires fazer-te amigo da casa
será contemplar do teu canto
como os funcionários
se entregam ao balance de corpo e alma
e afastam sua gorjeta

na rua inocente
que ganharam as sombras
ninguém espera por ti
salvo o policial salvo o ladrão
e cada um ao final
tentará te enganar à sua maneira

algo já deves saber da vida
o melhor é ires embora em tempo
não discutir com ninguém
deixar as contas pagas
e ver se já abriu
a próxima cantina

uma e outra vez

aos sessenta e oito anos
minha mãe não tem onde viver
e não porque seja órfã
dona de casa comunista viúva
destroem tudo o que é de minha mãe
a infância a poltrona de tecer o casamento
vejam como se debruça nas janelas
que a chuva não apodreceu
a não ser sua própria tosse na cinza
e as lágrimas alheias
a vida de minha mãe
sem um beijo sequer a contraluz
sem herança nem sorte abençoada
e principalmente sem final feliz
sem mais que um epitáfio com o sangue
do pior de seus filhos

noturno de madri

essa noite não me promete nada
sua cor é o nunca
os ossos que começam a arder me dizem isso
empapados de insônia

te apalpo com os dedos da noite
nuvem sem mamilos
                                        irradiação com lábios
e no meu travesseiro sobem despenteadas as estrelas

já a noite, seu relâmpago puro
derrama-se por mim
e até os pés astros desorbitados
querem deixar seus rastros no céu

a noite se entreabre
então eu lhe ofereço meu sonho fermentado
a noite tem sabor de nunca
                                                mas cheira a manhã

entrada

não sei por que caminho
mas cheguei aqui
até este lugar raro
sem casas nem paisagem
este lugar nu
das pedras à alma
onde o mundo germina

quiçá tu também chegas
seguindo este caminho
nesta vida farta
de acertos e certezas
somente o erro nos une
a poesia é o reino
dos equivocados

bogotano

para Gustavo Adolfo Garcés

jogo futebol com meus assassinos
disputo a bola com eles
ganho tempo e espaço
arrisco essa jogada individual

agrupados
sobre o pasto tenaz
desse parque escolhido
os meninos de rua sacodem a poeira
que deus jogou em sua alma
e tomam banho de sol
o de ruana moída
busca na sacola plástica
o alento da felicidade
e o que tem as costelas ao ar
caça como um pardal
migalhinhas de pão entre a relva

jogo futebol com meus assassinos
eles me passaram a bola
e chuto para o gol
há mais névoa nos ossos do que nas ruas

an oregonian poem

como essa súbita árvore do norte
cujo nome desconheces
                                        e jamais saberás

árvore com sombra clara
                                        carregada de nós
que castigam os ventos sem verão

árvore para derrubar
                                        de vasto tronco
onde ninguém pôde tatuar um coração

árvore que cresce sozinha
                                        sem raízes evidentes e longe
do bosque original

árvore que nada deve
que lavou suas culpas
                                        e é só desafio

como essa árvore és
                                        e na verdade
honras tanta beleza

elogio do neutrino

para Jesús Sepúlveda

te celebro
porque no mundo ninguém
é menor do que tu
e no entanto
atravessas galáxias nebulosas estrelas
sem reagires com ninguém

porque mesmo sendo luz
podes mover-te
muitíssimo mais lento que a luz
ou descansares imóvel
corrigindo
a teoria de um universo quente

porque graças a ti
o passado foi somente
plasma requentado e não cinzas
a densidade do plasma
era de bilhões de toneladas
por centímetro cúbico

porque ninguém sabia
até agora
que eras o noventa e sete por cento
de tudo
sobrando apenas três a ser partilhado
entre filhos da puta e tantos outros

porque graças a ti
ninguém mais se afasta
de ninguém e tudo tende a unir-se
e não importa quem seja
numa chama dura
num ponto radiante

te celebro
porque és
a essência do espasmo
matéria de ternura
ou esse pouco de nada
com que minha tia doura seus manjares

graças a deus
não é infinito o mundo
como o verso
está feito de sílabas
que é possível contar
o mundo cabe num alexandrino

atas da meia-noite i

quatro

para Antonio Eligio Fernández (Tonel) e Vanessa Kam

a noite que olhamos,
não tem nada a ver com a noite
Jaime Sáenz

a estrela mal ferida
de um só olhar
íris vertiginosa
números ao contrário
azul de reciclagem
a noite pós-moderna
com vísceras de estanho
um louco cabeamento
vejo pelas minhas feridas
que se fecham e abrem
como cifras
a estrela toda vê como te olho
a sombra acode sozinha
para beber o seu cristal

preparei isso com tuas melhores uvas
meus ânimos maduros
e fermentou de sede
sirvo-o na palavra taça
dissolvido no granizo
que ainda conserva o rastro dos cervos
e se queima os lábios

com a oração a lázaro não cumprida
dupla espiã
                    vou irradiar o informe
tudo o que esvai pelo cano do amanhecer
volta no transbordamento
                                             impontual da luz
não omitirei detalhes

porque uma só noite explica o mundo
a linguagem os números
que devem se encaixar no céu
fiapos que harmonizam
com tua conversação áspera de silêncio
degraus de uma escada que não
serve para cair
e que dá vertigem à mesma sombra
a estrofe range
                        nos lembra que é
algo mais que matéria organizada
o casarão na pele
que atravessou a noite
                                      sem ritmo do tornado

mas nos defende contra esse vento sem norte
que amola suas facas na raiva
e morre por partir
a fração de esquina até a medula
diante de ti o vazio que repele a sombra
esse nada que arde
                                como suor de luz
nos olhos riscados
o pouco sal que sou e de ti se sacode
a vela com que venho

iluminando os ânimos se apaga
noventa e nove cêntimos de lume
azul de iemanjá
amarelo de oxum

uma semana inteira sobre todos os livros
manchando o céu raso
chama que seguirá queimando beijos
fragmentados por sua tersa lucidez
com toda a minha pele ouço
como rasga a luz as fibras da noite
som que confirma
minha torpe nudez e que te viste
de costas para as estrelas
noite sem estampar
repleta desses cravos vagos
que ainda cheiram a luz
tua obsessão com o escuro
é apenas a obsessão do aberto comigo

más artes poéticas
com pedradas limpas tiro ondas
do fulgor estagnado
há águas mais profundas que a fé
e o barro do juízo
a noite é lucidez mais compassiva
sem os braços em cruz
um nó de marinheiro
feito com o feixe de raios cegos
a sombra calculada
enrugando o papel
já não há rastros teus

e a ânsia da neve contida
impede de respirar

até dos galhos mais baixos goteja o céu
resíduo de imagem que se evapora
tédio recém polido
                    com apagadores de relâmpago
nuvens por se derramar
a tristeza nos músculos
                    tua fratura na alma
nem a noite nem eu
podemos sem esta reflexão que nos acende
como fazer isso sem anular os rastros
que o bordaram todo
                    com um sentir abstrato
nem a noite nem tu conseguem derramar-se
descarnados em luz

na minha varanda simbólica
rabisco a sombra
                    um sonho
do qual me despojaram os vizinhos
uma página em branco que me suja
uma luz sem uso envolta pelo ser
uns cervos sedentos que me afano em riscar
esse plano do outro onde sou omitido
acumulam-se insones
tudo cheira a resedá
                    cadencia em cada nó
sentido imprevisível
mas então o vento desordena
o que a luz esconde

até as pedras mais sensuais são
desvelo acumulado
e as sombras nuas nos iluminam
me pergunto noite acesa
sem luzeiros nem briga de vizinhos
a tempestade no copo de palavras
amainará comigo?
só um magro papel que reverbera
junto ao osso sonhado?
se fundirá o soneto em teu carvão?
não sabes que a vida
passou outra vez sem se lembrar de mim
clérigo infiel
                    eu só sigo um ritmo

algo o escurece com o coração
que persegue entre jardins por tecer
algo o deixa azul
com a ideia que faz cheirar a rosas
um lírio que desafia a aurora boreal
um outono que o vento está jogando na nossa cara
o ritmo irregular
que ao final reestabelece a harmonia
às escondidas de mim
roubei tuas sílabas contadas
todos vamos sem pressa como zebras
caminho do presépio imaculado
e a noite incurável
de repente fica chateada com os números

quem recolhe comigo a harmonia na poeira?
obscuridade dialógica
que não escuta a luz reclamar

não se discute mais
a sombra sempre tem razão
volto a medir o corte do vazio em teu corpo
a ver se me engano
                                          de maneira alguma
a noite são três números ímpares
o ritmo que te surpreende
o pulso atento
                              a insônia mais afiada
ninguém pôde dobrar a sombra
pô-la de joelhos diante de uma só luz

atas da meia-noite ii

onze

para Alex Fleites

deve abrir o silêncio
com sua chama nua
João Cabral de Melo Neto

de frente para o sul
trabalho para ganhar a noite
uma brisa salgada
inofensiva
abre o firmamento
roldanas e relâmpagos
neves que ninguém ordena
cravos de dois mundos
grafia nebulosa
a tramoia do céu
e a estrela polar
cintilando na relva
protege minhas costas
esta noite a noite que já perdi

o pequeno tomate
rajado como tigre
me traduz o que não disse o sol
e as asas do anjo
sem erratas
me revelam o que arde nas cinzas
a palma não interrompe

mas inscreve
tua prodigiosa sede nesta página
a intempérie
o mais aquém
o outro
na realidade somente fala a sombra
com meu pulcro silêncio

e o ranger dos teus sonhos
a sombra analfabeta
porque sabe de tudo
e quando não o escreve
noite manuscrita
que me dás fogo
para espantar o fiel lugar comum
por ti as coisas ardem
até o rancor
com simétricas chamas azuis
e essas crepitações
de medulas rigorosamente calcinadas
podem cegar estrelas
um poema comigo mas já não de mim

a sombra tira de todas as cordas
sopra em cada osso
percute em ritmo nenhum
um poema desfeito com a alma de ponta
o vento uma vez mais
carrega esse nada que perfuma a tudo
mas as folhas do pau do havaí
têm outra opinião
estremecem carregadas de sentido
sentem o sopro abstrato

com que a noite anela
desvaneceres em tuas contradições
hoje tem razão o sentimento
tem ausência demais por compartilhar

albas diplomas quilômetros filhos
após muitas precisões
somente esta alternativa desvelada
duplo fio da ambiguidade
                                        com a qual me costuro
algo começa a cantar
na zona perdida pela sombra
janelas iluminadas
de algum infiel que esculpe
outra cara do mundo
estarei aqui pendente da tua luz
até que nada mude
eu sou a relação
entre a ponta lascada de um lápis

e a página em branco da noite
o que inscrevo nas margens
de toda claridade
                                toda ilusão
eu canto ainda que desperte
a mulher do vizinho
meu desvelo será este silêncio
que não deixa morrer
nada faz sentido menos a sombra
com suas rimas algo diz o relâmpago
ao vento as vírgulas dão o ar de soneto
está chovendo e ponto

hoje virei ao contrário
e cada sílaba é uma costura

pontos assimétricos
fios em desconcerto
um objeto que encanta
todo sujeito desencantado
a noite suas metades
sobre a tábua escrita
essas partes idênticas
que estranham a unidade e não o percebem
desgarrados que apenas
tu poderias coser com essa agulha
a noite amputada
meus filhos que desamparo e dos quais sinto falta
estou em todas as partes
vórtice da luz

não existo sem tua ausência
sombria secreção
existo porque procuro
articular silêncios
sou um clarão
do nada ardoroso
o poema não é
um barco à deriva
náufrago de horizonte
é a água rasgada
correntes viscerais
toda essa luz de fundo
dor espumante
nas praias do outro sem espumas

noite dissociada
que se repete
mester de extranjería
elevado num sótão calcinado de frio
luz piramidal
areias contadas
coluna irregular
que sustenta a ausência de crepúsculo
não sei ler as rochas
não sei escrever a neve
só procuro a língua
que ensinei ao esquecimento
vim guardar o silêncio
não tem nada a não ser estar

de um lado da noite que não passará em vão
escutando o nada
seu esplêndido discurso
sobre o ser
nem uma sílaba mais por debulhar
a penumbra recupera o alento
ordena o delírio
não há uma só ranhura
em seu rosto de firme palidez
nem uma cicatriz por onde se infiltre
o lúcido orvalho
e não há luz que assombre
o brilho de tanta escuridão
o deixo todo aqui

nem minha sombra na página
sou criação da noite
desvelada matéria

que se afirma a si mesma
algo mais do que uma bela falação
corpo com alma
                    alma com corpo
algo mais do que a cópula
na velha escada
                    do verbo com sua sombra
essas notas à margem da luz
puro texto ilegível
                    sem tua respiração
a noite mal escrita

intempéries

a chuva com alma de bueiro
o caminhão âmbar
que passa lançando espuma
água que vem diminuindo
que empoça diante da barbearia
o ciclista sem rumo
que se cobre somente com um bolero

ainda que o trovão a nomeie
a maçã não respeita a chuva
nada espera que estie
e tudo segue seu curso muito seco
deve fazer calor neste poema
como quando chove num campanário
e do asfalto brota um arco-íris

pétalas enferrujadas
espelhos onde ninguém se olhou
e o sol começa a recolher as sílabas
os pedacinhos de nuvem
as feridas radiantes
                                        a conturbada ilusão
espalha suas sementes o relógio

germinam na brisa
que só removeram tuas cadeiras
a palma sobre o muro
                                            o canteiro de tília
tudo vai florescer
se a chuva cumprir suas ameaças
volta a cruzar o caminhão amarelo

redemoinho de música
faz um sol sem polir
sobre o banco da carpintaria
reluz o policial vigiado
da casa vizinha que se arruma para o bembé
mas a chuva cumpre suas ameaças
quando diz chove

a selva de concreto
                                    lança seus mamíferos
uma capa morada
pode ser um sinal de distinção
uma letra em cursivas
menores e maiores disputam o jorro
de um boeiro em uso

por milagre sem dúvida
alguém sobre um papelão
surfa nas ondas
                                da rua san lázaro
é o único instante
em que sabemos que resistirão
as ruínas do futuro

desterros

já cabeceia o navio do desassossego
havia operários cortando a grama
esmagados de luz
                    não vendo o que faziam
lemes nervosos
                  equilíbrio essencial
isto não é o vazio

uma sombra na água nos persegue
com a ilha a bombordo
                         me acomodo na inércia
a pradaria tatuada
inclinação de giro
                    a névoa de tua pele
não há altura sem laceração

um sol intermitente
perdido entre a chuva que será
os rastros do furacão
                       febres aventureiras
essa pele que me alcança
é a ferrugem do amanhecer
que não mancha os ânimos

voo entre dois amores
                       um íma invertido
o ardor fica atrás escova amarga
tua memória curtida
e a ausência do mundo
que no azul tropeça
                     céu de baixo fundo

areias naufragadas
poeira de corações que se romperam
petroleiros em rota
entre o lodo profundo e o mercado
o ar que primeiro respirei
fica pra trás com tua asfixia
a realidade tem uma letra muito feia

altura de cruzeiro
a viagem começa com uma invenção
sob um sol de cristal esmerilhado
entretece distâncias
                    onde se apoiam cruzes
a viagem termina num arco-íris
de apenas três cores

não sei se estas asas poderão encarar tudo
o que encaixo no peito
desaceleração queda livre
o trem de aterrisagem
                    enreda-se no vazio
plano inclinado
            peso da emoção

resguardos

um verão a mais com aimé césaire
em outra ilha que também é dele
esse país natal
                    onde não tenho casa
mas fermenta nas vísceras
a areia de meus ossos
                              um sabor absoluto

ilha difícil
               cada vez mais outra
que entendo somente por aimé césaire
a ilha onde é sempre meio-dia
nortes que cristalizam nas canas
a ilha atravessada não no mar
memórias que partem a neve

para que separar-se desta obscura
suada multidão
com sonhos assediados por mosquitos?
a realidade é um selo que vale quinze
na esquina de tejas
papeis úmidos de explicações
as veias onde ferve a paciência

calçadas descontínuas que impedem de esquecer
ruínas como fotos no the new yorker
a caixa tem a menina má
e não somente a chuva
                                todo o ser estancado
descolonização
                         um camelo no vazio

alguém aprende mecanografia
com minhas identidades
                                        lázaro leva acento
gritaria se valesse a pena
me acalmo com o nervosismo do ventilador
não te deves queixar
rompera a barreira do som

quem me perguntou as horas?
a concha virgem ou o grisalho babalaô
não é uma armadilha mas não tem saída
um azul que não mente resguarda as fronteiras
dessa ilha manipulada
um azul cotidiano de água com açúcar
três gotas de limão

um azul transcendente
                                        encrespada palmeira
que amansam os riachos
um azul onde cruza o canário amarelo
com teus olhos tão negros
um azul inclusivo que poderia mudar
toda a essência vencida

manchas ou algo que não se espante com a luz

um mínimo acidente nas esferas
pôs a contraluz
                    a copla muda
de onde sua medida se sou cúmplice
do vazio revolto
e não há outra lucidez a não ser os relâmpagos?
é a música interior de um felino
que se faz pelagem
                         e reúne as velas
em busca de algo que não se espante com a luz
o poeta vigia os descuidos de deus

bela e desconhecida como nunca
avança entre a estática
da respiração que cai com a neve
uma balada anônima
nessa língua azul com a qual não escrevo
mas dá de comer
ânsia contra o crepúsculo alba contra a dor
perdi todos os livros
e o resto o queimaram a mãe e o ladrão
nada inquieta a sombra
que vai serenando encadernada

ninguém quer acolher
essas horas em cadernos de cinzas
ao se perderem as folhas
                                   dedilhar nas margens
exilar-se no fogo
os mesmos e os outros guardiões do discurso
tiraram a porta

não te deixam sair
do barracão seus espelhos côncavos
agradeces a sombra o fundo que ilumina
tudo o que te omite

o silêncio que alega
contra a subtração
gozas desse papel que amarela
honestamente efêmero
essa tinta indelével
com que secas a caneta
não há maneira de te manter na linha
ávida bicas o teclado
os símbolos se tornam astromélias
enrugas os papéis como asas
relutantes em voar

cegas com teus olhos caribes
o vértice dos significados
pias como um punho
insaciável
não deixas conceber
se quebrasses a pluma
cada olho esvaziado
o notaria
foi afiada nas costas de quevedo
uma pluma que acabas de arrancar
de um vertiginoso arco-íris em manágua

escrever ao contrário
da pedra à nuvem
da impotência à fome
do compasso ao vazio
o sentido se afia

navalha de barbeiro
na tua pele despregada
esta mesa é o eixo de uma estrela
como em tempos do verde garcilaso
as sílabas ardem com o pavio
algo não deixam ver

o inverno estreitou seu cerco
a alma congela
a noite é mais sincera do que a neve
sem nenhum compromisso
nos estendemos a mão
este poema e tu
não houve um bom lugar nem ninguém me ajudou
fiz isso apesar de quase vencido
decantando-te diariamente
no final despossuindo-me
o desconforto de cantar nu

se lançar ao rescaldo
entre a algazarra da lenha
ainda que saibas ler as cinzas
valerá a pena confessar que creio
na luz de uma árvore de natal?
tons perdidos em insônia
mortificada polpa
a calma tem algo a dizer
sob a linha
da zona em branco
algo ocorre de repente e jamais se saberá

a raposa no peitoril
não se surpreende em ver-me afiar-te

preto e branco na relva
dançam até o borrão
chegaste do mistério e permaneces
suado o perfil
a camisa que nunca usará
o olhar sem vidros da mãe
o ladrãozeco talhado na madeira
o dourado salobro na praia ancón
nada em troca de tudo

um acento de chuva
                                        uma aurora repetida
na anelante tinta do espelho
a violência que afia sua canção
com três gotas de tinto
recobrada na agenda de vallejo
a glória chegará como a morte
se levantam os signos irritados
do celeiro vermelho
                                        é a obra do vento
limalhas de subjetividade

a balada começa
onde terminam todos os discursos
é flor num cartucho
                                        que não se esquece da pólvora
tolerância harmonia claridade
o poeta desacopla o poder
aqui sobra sentido
                                        basta ritmo e verdade
ideias que se traçam a si mesmas
círculo bipolar linha imperfeita
matéria sublevada

arredores ou a marmota se farta de crepúsculo

a montanha contra um céu assonante
a ponto de rachar em sua fixidez azul
ar que cristalizam cedros de hulha
e cavalos que espantam o frio
em vez das moscas
                                        os gansos cartesianos
avançam como sílabas
à margem do soneto figurada lagoa
e rompem formação
                                          ao cruzar o galanto
de um encavalgamento trincheira cega

tudo ainda por fazer
o signo que filtra entre três galhos
que o vento essencializa e corrige a neve
tentam as rãs a única corda
que falta à noite
cheia de flores amarelas a marmota
voltou a ser pulsão
ontem caíram cansados sicômoros
e estorninhos em voo
alvoroçam a sombra que calcina
o medo que volta assustado lá de fora?

contra o cristal ressoam os cervos
como desassossego ávido de papel
sem teu brilho a penumbra já se deixa ouvir
um tremor que abriga
o ser é inocente mas lava as próprias mãos
o relâmpago não sobressalta o porco-espinho
que carrega toda a chuva consigo

as gotas enfiadas nos espinhos
não deixam de irradiar entre a sombra
o medo sua ossada
ao fio do milharal em ausência da neve

a morte é um esquilo sobre o asfalto
um morro contra o céu que se aperta
vou arrancar um salgueiro em cada esquina
a água sem destino
não deixa de rosnar entre as rochas
a grama sobre ti é uma errata
essa caligrafia copiada dos carvalhos
que o inverno desossa
alerta de tornado
                                        os vagalumes
não mudam sua rotina

sigilo entre as folhas de sereia
o esquilo atropelado
                                                abrindo-te caminho
à grama cabe a memória
de seu verde futuro
                                              por isso é que resiste
o furor pessimista da geada
árida primavera com tulipas negras
que os cervos ruminam sob a lua
na alma do gelo a corrente
é um remorso

o sol entre a névoa que escapa das tíbias
jamais acariciadas
a paisagem promíscua e em seu centro
a mancha de pureza de uma lagoa

os patos adormecidos na torrente
te imaginam aberta sobre a grama índigo
a tojosa na neve desafina
como criança sem dentes diante do piano
sobre o gelo arrogante
a marmota se farta do crepúsculo
palavras de minha mãe

como se te esquecesses de algo posto ao fogo
a fuligem acesa
não se deteve diante das falsas cruzes
transgrediu as janelas
a música das contradições
sua elipse de cinzas
todo o vento do mundo
não podia remover a sombra decomposta
seus coágulos afiados
o vazio inundou as partes baixas
e foi necessário animar a luz com rezas

mas não teve oração capaz de amedrontar-te
voltou a calma quando com sua pupila só
minha mãe desafiou
o também absoluto olho do furacão
o nada nos caldeirões
                                        tudo por contemplar
o hálito que gasta sua faca
nas pedras insones
e a lua que amola suas feridas
em áspera mudez
nem galáxias nem gases nem matérias obscuras

buraco incoerente como umbigo do ser
cresce na constelação de eridanus

ao sudeste de órion
a mais de um sementeiro de anos luz
o mapa certo das radiações de fundo
revelava nesse ponto sua tênue mancha fria
e o reafirma no eco de micro-ondas cósmicas
que seguiu à criação do universo
esse débil sinal que ressoa desde o big bang
a maçã não tem segundas intenções
mas sem ilusão acaba o mundo

um pássaro do sul
bica sementes que desafiam o inverno
e me olha de sua emplumada indiferença
seu vértice de lume para que não nos esqueçamos
da profunda distância
enferrujou-se o zelador na névoa
sua lâmpada amarela não assusta as sombras
na espera há um olho que se olha
a neve do instante não deixa de cair
a vela transbordada o último vulcão
lá fora a tempestade e os operários discutem

o ar desaba dita a si mesmo
até a formiga sabe que rima com fadiga
às costas do fogo quem escreve?
o acaso é o meu acerto
como o pato com a cabeça na água
a sede é a corrente a fome a aderência
o pato indaga na dura fluidez
e sua plumagem sombria
faz brilhar todo o ser congelado
a forma é ideológica
com a contemplação o mundo muda

desgelos

1

há um círculo de terra quente
onde reina a grama
não se atreve a geada
a neve dura menos que o amor
no mesmo coração do inverno
essa úlcera verde
todos passam ao largo
obcecados com sua futilidade
eu não vou nem volto
fico ali reverbero o vazio

3

te abandona a luz
entre os girassóis que se inflamam
as bandeiras maculam a brisa
o estar coagula
da lagoa se levantam os gansos
e voam em bando
à sua própria imagem
                                        tudo segue os rastros do sol
salvo a borboleta
que inesperadamente pousa numa sílaba

6

quando a chuva inveja
                                        se faz neve
e se tende sobre o bosque nu
que a recebe cinza
                                    emaranhado
como todo começo toda fé
o bosque se enfeita pois a inveja
não vai embora nos galhos
                                                arde como o breu
o único final é o prazer

11

quebraduras nos céus de ohio
onde se infiltra o ser
ânsias que se despintam
                                        como celeiros
e reiteram a vozes a planície
versos como bois
                                em seus alojamentos
sem fumos de razão
é um amanhecer peneirado
                                                de maizena

20

estranhos animais essas folhas
que até a árvore esquece
mas se angustiam nesse canto
onde range o vazio
não o verão do índio
                                        que apaga pálidos
hematomas da alma
nem o norte que ofega do fêmur
em discrição se sobrecarrega
silencia o seu brilho

21

estrangeiro
                    como sombra na neve
da pátria dual
                        que nunca fica de costas
e que cheira a resedá
a colheita que se inicia
                                        a virilha fértil
esse verde que não te deixa em paz
outra coisa não sou
                                    tua decência brutal

23

num mundo direito
que não rima
o único verde é a combinada
suas pétalas abertas
entregues
à neve em queda horizontal
seus pistilos
ávida geometria
paixão inoxidável
que desenlaça os nervos do vento

32

tilinta o silêncio
neve calada com sementes de girassol
quando falta o ânimo sobra a poesia
que se guarda em seu molde
nas essências da vitrine
dar de comer aos pássaros que nunca chegam
a corrente segue através do tímpano
e como desfazer-te de seu ritmo?
o pequeno sino
onde o frio toca?

35

dois pássaros em um
pousados na margem
o real bica a noite
que flui inconsolável na nevada
sua sede é negativa
o compreende a luz nos abandona
o reflexo não imita
porque bebe-se um pássaro
as duas asas permitem com o tempo
ser um neste salgueiro

49

não leu mallarmé
mas lança seu dado
que abole o acaso
sem concordância rola
escada acima
lamento simbolista sem esmaltes
é que sabe de tudo
o resto a imagina
e anda descalça sobre o gelo negro
que nada lhe pergunta

53

biografia do novo cimarrón
emboscado na neve
escapar do engenho
                    a véspera oleosa?
fugir de campanário barracão
empoeirado de orações?
não chegarás ao centro
                        sonho desmantelado
nas costas os arfares do cão
e o novo rancheiro

55

no jogo celeste
                  não me afasto de ti
somos a tecelã e o boiadeiro
que vão de mãos dadas
                        sobre um céu de palha
o nada se desboca
agitando o espaço
                    com suas asas de garça
que a estrela receia
não harmonizo mais nada com teu fogo

66

insistes em olhar
                    teu perfil no lago
o fundo evapora
e os cisnes se espantam
é tempo de desgelo
                    crescente da décima
os ossos os caracóis despertam
com o primeiro pistilo
forçada a seguir
                    esquecerás o rosto

67

desfrutas os descuidos da neve
as fugas de afonia
na noite chegam os cervos e os comem
sem complexo de culpa
a condensação que esconde o coelho
de âmbar com orelhas puídas
para cima da grama
como a tua preocupação
                    cristalizada
o amanhecer não se explica

71

a água sempre encontra seu caminho
artérias no iceberg
as veias da noite
não acredita no vendaval
a linha reta
o carvão sem espasmo
a vontade de estilo
chuva morta de sede
bebida em tua garganta
por isso sigo a água em qualquer lugar

90

os sinais vaporosos
racham as paredes do banho
as peles se sacodem
a ternura
que cai no redemoinho
os corpos se revelam
ao denso vazio
desmembrados
mas a beleza reestabelece a unidade
goteja transparência

97

fazer como a neve
indecisa no silêncio acompanhando
desatar uma elíptica
ao sistema lunar
uma volta completa
a graça do rigor
voltar à ilha
que flutua no vazio
e jamais esquecer
que no espelho a imagem respira

100

o nada que se aviva
balbucia na estufa
sua luz no cristal deixa uma mensagem
claramente ilegível
sua sombra soletra da margem
a resposta ao ouvido
o nada que se copia
na noite de um fólio jogado no fogo
como um copo de neve
efêmero e belo

[uns olhos que lhe roubaram o céu]

O que faz ela agora
Ajoelhada entre as andorinhas
Vicente Huidobro

1

hoje ganhas a vida vigiando
a morte de uma vaca
a academia não dá para o divórcio
menos para o amor

no campo do sonho americano
entre urtigas e sarças
se escuta só o eco da morte
que se esmera sem desmaio

cidadão baudelaire que range os dentes
na tripa do livro ignorado
instruções escritas rigorosas

do dono da fazenda
que nenhuma criatura
coma do animal exceto a própria morte

2

o coiote já começou a ronda
seu olhar corta
logo virá o caminhão com o veterinário
que certificará a morte

a rês e sua música tomarão
a fábrica de conservas para cachorros
e poderás chegar a tempo ao encontro
na penumbra da biblioteca

ou nas cuidadas frondes
do cemitério que nem a morte usa
entre os espinhos coalham as bagas

os cardos aproveitam e florescem
empurra o vento lanoso nos limites
marcados pelo óxido

3

a brisa não sabe o que fazer com o enforcado
se esfrega na lã do casaco
as calças curtas de repente
diante da já livre gravitação das pernas

o hematoma no rosto
as mãos infrutíferas
a honra degolada
                    não a intrigam

hesita entre balançar e lavar a cabeleira
limpar a alma
há lagos por agitar folhas por corar

cavalos por seguir no galope
esse corpo que puseram em seu caminho
não lhe corta o alento

4

ladeira abaixo contra o norte
levanta-se o rumor ceifado do milho
arqueia as colunas
desconcerta as vértebras

e a luz avolumada temerosa
de entrar pelas fendas
no celeiro repintado de vermelho
vai se enredando com mugidos de vaca

afiar as pupilas
de quem desafiou a noite
no resplendor de um sonho

quando o fogo termina sua tarefa
as cinzas se tornam arrepios
visão que não dá sombra

[o cogumelo no amontoado de limalha]

e numa sala do Louvre, uma criança
chora de terror vendo o retrato de outra criança
César Vallejo

3

gritam e não respondes
estás na gema do aromal
ninguém te procura onde não chega nada
nem sequer os *jíbaros* guinéus

às escondidas foste abrindo caminho
uma tarde com a camisa xadrez
a única que cruza a espinheira
é a voz de tua mãe

meticuloso como um furacão
te estendes sobre as secas corolas
sob um céu que desfolham as nuvens

como um cordão de formigas
e te desnudas somente para ti
esperando pelos índios

4

sobre seus ossos brincas dizia o velho núñez
ao recostar a angina
                    contra o âmbar rochoso
uma fortaleza colonial onde a lua

relinchava a pólvora
os índios não vieram se agravaram
como espinhos na imaginação
não caves na verdade dizia o velho núñez

com sua voz de resina de serragem
o buraco nas cinzas se enchia
de leves redemoinhos

                    a prova é o revólver
elementar com que aos sete julhos
sem mais te suicidastes

5

nas encruzilhadas há um cheiro de mãe
suor cristalizado
                    penumbras em calda
uma faca confiável

entre latas enferrujadas
                    para café e manteiga
há um sabor de mãe nas encruzilhadas
melaço em sua luz

                    alma de arroz com leite
uma faca que corta tudo menos a essência
goiaba do peru

                    que amadurecem as moscas
o afiado destino de uma mãe
que pode se envolver entre folhas de bananeira

7

um cachorro diante de um livreiro
no meio das ruínas transparentes
o livreiro foi uma obra da asma
havia lugar para o velho galheteiro

o molho de manjericão a gordura do carneiro
mas a casa coalhou de livros
o mau humor do pó
a goteira pontual imprevisível

o cachorro foi uma obra de ninguém
era um bom nadador
fazia de tudo até o último alento

lhe morderam a orelha na bagunça
comeram-no vivo os vermes
hoje você faz qualquer coisa para não uivar

[a palavra ferrolho para sair do mundo]

sou eu sem você
sem voz
aqui euzando
Oliverio Girondo

2

com teu alento tiras o pó dos santos
pregas em igrejas que abandonam
tens tua própria fé
está cheia de nós ainda a lixa

não a envernizaste
com sua resina se mistura esse sótão
outra frivolidade que reconforta
uma por uma beijas as ânsias esmaltadas

teólogo sem ordem sem comungar
acreditas naquilo que desacreditam
a haste das flores secas devolve a sede

tu as sente gotejar na razão
o apagão de vela solta a tinta
a memória do pó pode te fazer tossir

6

como lobos marinhos empilhados
na cadeira lorquiana
lá fora como sempre está nevando
borram-se as margens do canal

te falta o ar mas estás tranquila
desfrutas cada átomo
balbuciamos um hino
para chegar ao céu com os trabalhadores

por que toca o alarme
de repente sinto sede queres outro brinquedo?
por que o vento confunde

os rastros dos pássaros?
por que não ficamos
para sempre um instante?

santa maria

sem meia luz onde cair morto
jogado nesta praia
como o caranguejo que não teve sorte
e a criança perdoou

tens pena da pedra que pisca para ti
sua fresca militância
e a bicicleta carregada de caracóis
cruza entre teus molares

a areia nas cesuras
faz com que *las claves* não estejam em tempo
o mundo é uma güira pintada como quiser

para a discrição dos turistas
ninguém te contou antes
o que se aprende ao saíres da água

malecón

o russo com arpão e a santeira
pisam forte sobre a seiva do flamboyant
não há senso comum
                                        apenas marcar a beleza

enfiará sua *cubera* de ouro
guinando na água ensaboada
ela vai se casar com seu turista
encantado com a assimetria dos peitos

tudo na mesma tarde
na qual o sol resolveu ficar fixo
no entanto a chuva comparece

infiltra-se entre as ruínas
quando a noite voltar encontrará
desilusão no sal

voo

1

um voo sem destino sem origem
como bala de prata
                              na boca do lobo
a nostalgia agrumada nuvem

claridade turbulenta
abordo do vazio
                              em sua pele de *majá*
uma pluma na elipse da noite

a violência coberta
                              com mato celeste
invariabilidade inalcançável trajetória

como raio casual
                              adentrar-se no dia
no desterro também amanhece

2

entre as nuvens ninguém é estrangeiro
latitude da língua
                              longitude do sangue
matéria que se pensa e contradiz

água vapor geada
rápido dos andes iceberg da noruega

lágrima de crocodilo
transpiração

nunca tropeças na mesma gota
no outro pingente
senão a turbulência que entrecruza as penas

seu comércio intangível
rastro do informe
és o compatriota das nuvens

10

não basta o rastro
é preciso o erro
remar fora da câmera
não esperes que o medo te dê uma mão

é preciso altura
para superar turbulências
não acreditar mais em ti ficar atento
cada instante toda uma noite em claro

fincar uma família vertical
no encanto do lugar
isso como o amor não se faz sozinho

ainda que o depois se ausente como o antes
és raiz com medo
desejo e algo mais

ohio river valley

já vem o horizonte
posso escutar sua luz
                    que tropeça em tudo
e me deixa a pele com sabor de gengibre

já se deixa empunhar
a z materna do rio ohio
suas fábricas de noite eleitoral
seus armazéns de desassossego

já as casas em mim
como rebites sobre a fuselagem
de um avião na íris de um tornado

e a descida rumo a ti
                    sorriso esquerdo
e o abrigo que começa a sentir falta de mim

27 mallard pointe

de repente em tua casa
que já não reconheces
nem te reconhece pior ainda
ainda que tenhas deixado fibras de dna

em todas as suas arestas
e carregastes contigo vários céus
algum fundo de mar
vês, não será possível voltares

às margens desse lago imaginado
tua língua se esquecerá
dirão coisas com letras inúteis

não elimines essa sombra enrugada
nem o olhar surdo
aqui também és um estrangeiro

paseo del prado

esse país foi-se de nós pelos pés
e tomou outro rumo
com sua densa rotina
que nem uma rumba pode excitar

mulatas lendárias
abanam a espera maduras de calor
e chineses ficam na fila sorridentes
às portas do nada

país do reggaeton dupla moeda
estridência ideológica
onde o único decente é o sol

país alçado em ruínas triangulares
sem ar nas escadas
que já não fica aqui nem volta contigo

casa de zenaida

decidido a reparar o irreparável
na cidade bloqueada pelo pó
a mesa convertida
                    em ideia de mesa

a *jicotea* em concha vegetal
e as folhas carnudas com auréola
em fóssil ansioso
                    lhes procura um sentido

ao solar atestado
a cada aranha de barbacoa
mas esse espaço tem o seu compasso

nem a morte se apressa chega tarde
por um lugar decente
sacudindo o ser com um paninho

o caderno do rato almiscarado

I

por um pescoço de abrigo sobe o sol
a lua volta pela chaminé
faz o resto a chuva
com sua densa solução unitiva
o abacaxi e o fenômeno
a essência e o cipreste se correspondem
ante tua nudez a luz se oculta
a sombra se revela como pele
na esquina celeste encurralados
cães que nada pode desunir

luas por todo lado
com desejos de não perder nada
não há mais que palha seca
aura de serrania
na brasa o cabrito que arrastava o riacho
sois embaçados pelo vinho
turvos pelo gim
o arpejo e a imagem começam a dançar
a memória em trapos
daquele que não esteve ali mas se lembra

2

para John Kinsella

estampam as noturnas borboletas
sua cifra na parede
pousam nos ângulos
                                        as imprevidências
onde espreita a aranha
com as asas em v
                                  marcam a elipse
onde não se aventura a razão
em luz se tornam fósseis
lembram o que deves esquecer

os cordeiros manchados com assombro
ruminam entre a névoa
                                          no reflexo oxidado
de um silo com cereal no vazio
é terra magoada
graças a uma cruenta floração
não mais geada cúmplice
                                            realismo
toda a claridade
arrancada da íris pelo vento

5

para Jean Portante

com seu carvão o rato
                                        pode atiçar o brilho
e apagar a mudez
imagem em estilhaços
mensagem que flui contracorrente
com seu cisco o rato
diante do vento em pedaços gelo cru
luas que não desistem
o nada dá voltas
                              forma comprometida

e a graça almiscarada
nos sóis que não puderam ser?
quando o gelo revela
a nervosa ossatura das coisas?
vigilava latente
resguardado de toda condição?
quando a torrente coalha
aos pés da impureza dos salgueiros?
agitava no sonho submergido
as ondas do estar?

22

para Hugo Mujica

ainda que não sejam inocentes
deves deixar em paz as estrelas
em sua improvisação em seu rugir
sem coerência nem fundo
                    comprovam o milagre
porcelana em pirâmide
que desbarata a fome com seus cornos
ainda que não estejam provocam
na penumbra láctea
                esse justo rubor

raiz no abismo
            entranha de outro mundo
nó sentimental
que um minério de salitre desfaz
você sai pela tangente
como lava frustrada de ser rocha
grão de fumo
            fantasia em espiral
brande a picareta e a pá
o nada sempre enterra a razão

32

para Jorge Boccanera

a chuva não te deixa
                    conciliar o silêncio
e se resolve numa tosse nublada
um seco arrepio
nada que completar
evaporam-se os rostos
                    e estanham o espelho
onde tudo se oculta de si mesmo
tosco acordeon
o riacho te tira a palavra

a afonia é a língua da morte
que não pode se calar
                    uma espuma maciça
mobilizando a poeira de raiz
toda a líquida coragem
                    a tua sede transbordada
harmonia de quartzo
solidão com bom juízo
mas se ouvires bem
                    a morte trina

35

ante o menor descuido da neve
brota o inimigo
                    lobos raposas linces
seus rizomas se enxertam
na objetividade palavra mágica
suas folhas se remexem
no procedimento
                    feitiço numeral
quando o esquecimento neva
é a primavera do inimigo

sair dessa órbita
                    sua madeira imantada
crocodilos serpentes esturjões
em vez do cardeal que leva um girassol
em seu noturno bico
o rastro de uma lua renegada
em sua clareira de medo
o rato almiscarado que mergulha
no meio da sede
                    assimétrico e ponto

44

obedeces à desobediência
essa febre benigna
plantada no crepúsculo
não transcendes o funil de estanho
onde a graça surge
unidirecional
abres o abanico na decolagem
mas consegues somente a censura do vento
mas não cedes o passo
pena envenenada

na mesma trincheira do selvagem
a pé sem armadura
o sol torce as linhas
nunca mais paralelas
a febre é a revanche
com uma olhada amadurecem as mangas
sobre o vulcão pousa
a corola de plumas
esta espinho que ventilas sigiloso
sem arco no coração

50

para Linda Metzler

aranha coberta de cinzas
que te deixas cair
com fios impacientes sobre um peito
se o sonho desse uma volta
não serias memória
oponente
mancha imperceptível sobre o lençol
é melhor que fujas numa elipse
rumo à intranscendencia
esse esconderijo

a aranha que na noite
urde a simetria de sua teia
para enredar o dia
e aventar a razão
a aranha que se arrisca
entre os dois arames
onde pendem
as fomes do pardal
a aranha que se oculta
certa de que algo não foi em vão

[te escuto desnudar-se à contraluz]

um dia saio sem abrir a porta
o corvo não o percebe
                                        e o cavalo nevado
que reboca a carroça de esterco
com sua umidade me borra
                                                como fuligem se perde
numa vertical do horizonte
plantado entre os lilases

seu cheiro bate no peito
renega a si mesmo
                                    avermelha os carvalhos
fico mudo afora
te escuto desnudar-se à contraluz
não sou o que serei nem o que fui
fermento de experiência
                                            duro eclipse

mas tu me apontas
na insatisfeita multidão
me empurras até o tálamo
entre muros com um raro equilíbrio
mostras os peitos a brilhar
                                              não entrados na razão
tuas cadeiras cavam
até que a terra cai em minha boca

os despertos deliram
                                      ao alaúde da morte
os adormecidos morreram e o apreciam

esperem ou não a ressureição
a essas alturas ninguém
deve esquivar o nada
como no caso da amante oculta
basta não invocar seu nome azedo

tens que desejá-lo
com todos os roques de tua alma
com todas as abelhas de teu corpo
e se alguém te trai
se alguém te dá as costas
um término um instante
não o conseguirás
à morte só espanta o desejo

a cidade descarnada acorda
sem que cantem os galos
os coveiros de macacões azuis
emergem do vazio
reinam negligência e cal
os cravos roubados
e a idade se desnuda
sem sombra nem vergonha

uns ossos musgosos sobre sacos de juta
de alguma forma
se busca uma tumba
anima a certeza de encontrá-la
desertos de uma vez o passado e o futuro
e o presente a névoa
onde não se distinguem
os resíduos que acabo de tirar

à casa se volta pela porta fechada
a velha metáfora da luz
é um prego torcido que não consegue
sustentar estes mastros contra o céu
desune-se a sombra
                                        não estrutura
com seu alento de pinho calcinado
a morte não é o oposto da vida

[de ti sairei afiado como um espadim]

as pequenas derrotas
que trazem as cheias
acumulam-se na margem da doce corrente
formam praias onde os jacarés
ao rumor dos lótus
se prendam à lua
e a areia se agita
com o sabor profundo de tuas vontades

como não tenho forma te penetro
serás minha bainha rústica
de ti sairei afiado como um espadim
tua temperança vence minha pouca fé
descarregas a angústia do relógio
és a eternidade
que ao final me revela
o alívio de ser

sonhastes com a minha morte
me confessas sem culpa no café
do extremo oposto da luz
te desesperastes para botar um fim
ao final aberto
e tudo se congrega proletário
como um arco-íris
no rotundo feixe da manhã

máquina de parir
eficiente e robusta
dá vontade de voltar

não ao ventre da mãe mas ao teu
cabaça enfeitiçada ao meio-dia
ditoso quem te ergue
se alimenta do teu sal assimétrico
navega por teus sonhos

tenta desprender-se evaporar-se
desse brilho inóspito
amor estruturado
com sereno fervor com boas manhãs
a nata e o incenso
as *siestas* inesperadas
o urinar sobre os heliotrópicos
não há trégua nesta paz

como em teus assaltos de amanhecida
me somo ao invisível
com uma captura que inveja a sombra
ponto flexível e dócil
como o dorso quando te tornas runa
ideia reencarnada
o vinho transparece a memória
o norte livra o céu da impaciência

já não escondes teu corpo
em calças masculinas de veludo
seus invernos puídos
e quando te despojas
entre o cheiro de breu e o lago congelado
posso te apalpar a alma
com tua nudez se vestem meus dias
todas as noites tem clarão de lua

se voltasse a ser peixe
que fosse em ti lagoa de oregón
cercada por ventos resinosos
calcários transparentes
e nadar num arrepio para a ribeira
de areias iniciais
como neve que se nega a si mesma
onde se inverte o mundo

[junto à flor que não deixa dormir]

junto à flor que não deixa dormir
no lado oposto ao do coração
inúmeras fendas
e não adianta gritar dentro de si
desenterrar as almas os sons
nem sorver-me em no teu cálice como ausência
melhor é impedir que o sonho calque
outra linha quebrada

ao vento norte salitroso
te cobres com uma interrogação
nada mais útil que o que não é
porque te obriga a estar
nada mais bonito do que o quarto revés
volta a desencavar
o revoltoso nada
                    é o limiar de tudo

a luta se macera sem louros
o sucesso se cozinha sobre pedras
no preparo para o fracasso
bêbado como um peixe na maré cheia
deixas o tecido escuro a entranha de tinteiro
para os vencedores do sorteio
                                        isso explica
o teu contentamento com a última neve

no branco milharal resististes
os metais pontuais
não guardas a virtude no desvão

sem medalhas o teu peito
de *guajiro* se infla
grunhe para ti a desonra acuada
teus filhos jogam nos oito caminhos
tua mulher usa um anel de tungstênio

me pegastes sem uma só simulação
com afiada ternura
com um golpe de radiante enunciação
como o valente sei retroceder
façanha de escudeiro
cavalheiro que a ira arreia
uma sarça em cinzas que floresce
está escrito na folha de minha espada

é árduo este romance
como cortar a primeira fatia de um bolo
meu ciúme de tua sombra
não poder te dar a pequena morte
o obstáculo a espuma facilita tudo
teu alento nevado minha tosse ritual
ao final me livras da perfeição
e posso ser perfeito

agitado sem fundo
estabeleces as hastes de bambu
que te abrigam de aflições e geadas
os nervos aconchegas
dás pontos de razão
um nó desatado sem extremos
ninguém pode fechar a porta que abres
há finais felizes

teu desinteresse ainda não é absoluto
e me incitas a ser o que não sou
teu orgulho escoa entre os dedos
ásperos do giz
                    pelo menos tens mãos
com que seguir amassando o vazio
nada será como imaginaste
mas tudo será

epílogo

Esta antologia reúne poemas dos dezesseis livros que publiquei até esta data, desde o remoto *Cayama* (1979) até o recente *enseguida [o la gota de sangre en el nível]* (2018). Tenho a firme convicção de que não são minhas melhores obras, que não escolhi bem e, principalmente, que as verdadeiramente boas ainda precisam ser escritas. O que, sim, quero deixar claro é que ao longo de todas e cada uma destas páginas colocaria minhas mãos trêmulas no fogo. Ainda que saiba que a minha opinião sobre o tema vale tanto quanto a do leitor, que na verdade é o coautor, participante ativo na produção de significado. Mudei vários dos poemas escolhidos, como tem sido minha prática desde o começo, à procura da sempre elusiva perfeição.

Não venho de uma família de intelectuais, nem sequer de classe média, mas de operários e camponeses de Cayama, bairro do Central FNTA, província de Sancti Spíritus, Cuba. Eram filhos de imigrantes galegos e tinham, junto a uma forte consciência de classe, um sentido profundo da alteridade, e herdei ambas as coisas. Na casa dos meus avôs maternos, onde cresci, não havia nenhum livro, nem sequer a Bíblia. Nunca imaginei que fosse me tornar um escritor, nem estudar numa universidade, e queria, afinal, trabalhar na ferrovia, ser "maquinista de caminho". Descobri a poesia quando estava no curso pré-universitário, em Cienfuegos, por volta de 1973, e graças a uma boa professora de literatura. Ali participei do meu primeiro ateliê literário, conduzido pela poeta Albis Torres, que foi minha mentora inicial.

Comecei a escrever sob a influência de Federico Garcia Lorca, de quem aprendi que a poesia é pensamento por imagens e discurso rítmico. Também li naquela época outros poetas da

Geração de 27 – assim como a autobiografia de Rafael Alberti, que me ofereceu um modelo de conduta como poeta. Deste lado do Atlântico, o primeiro que me indicou um rumo foi César Vallejo. Me ensinou que a poesia se opõe a toda ideologia, inclusive aquela que procura a mudança social. Enquanto a ideologia funciona sobre a base de naturalizar o artificial, a poesia desnaturaliza tudo e principalmente aquilo que é artificial. De Vallejo também tirei que o dever fundamental de um poeta é procurar sempre outra forma de dizer. Na Universidade de Havana – de 1975 a 1979 – fiz parte do Taller Roque Dalton, onde não havia instrutor e aprendemos muito uns com os outros.

Dois poetas hispanoamericanos que também me marcaram no começo foram Juan Gelman e José Emilio Pacheco. Gelman oferecia a solução ao problema de como fazer uma poesia que fosse ao mesmo tempo lírica e coloquial, pessoal e social, experimental e comprometida. Não tinha que falar em nome de ninguém a não ser no próprio nome, não ser um vozerio de operários e camponeses e sim um intelectual com responsabilidade social. Por sua vez, Pacheco me ensinou que para ser um verdadeiro poeta deves te converter num intelectual bem formado e informado. Ou seja, para ele, o poeta era um intelectual que escrevia poesia, e dessa forma dava a solução contra a anti-intelectualidade em voga em Cuba naqueles anos. Da mesma forma, contribuíram para minha formação dois poetas da ilha, que inclusive me honraram com sua amizade: Eliseo Diego, com seu cuidado do verso, e Fayad Jamís, com sua força visual.

Por volta do ano 2000, havia publicado seis livros, que se inscrevem com suas particularidades dentro da chamada poesia conversacional, mas não estava satisfeito. Sentia que o poema tinha virado um cárcere e tinha que sair dali de alguma forma.

Quando escrevia um texto, tinha que definir um significado e um significante, inclusive visualizá-lo sobre a página, e isso limitava gravemente minha expressão. Por isso, um dia comecei a escrever sem uma ideia preconcebida, ou seja, deixei fluir meu pensamento da forma mais pura possível. Não se trata de escrita automática, à maneira dos surrealistas, mas de escrita orgânica, registro do pensamento como acontece, entre inconsciência e consciência. E o primeiro resultado dessa nova maneira de escrever, que procura antes a poesia e depois o poema, é o livro em duas partes *actas de medianoche*.

Deixar para trás o cárcere do poema me ajudou a desenvolver minha obra, como provam as dezenas de livros publicados desde então. Tomo notas todos os dias e, em algum momento, defino para esse material uma estrutura – uma estrofe específica, um tipo de poema, um conceito de livro. Essa escrita se baseia no *enjambement* de conteúdo e de forma, ou seja, não só os versos se sobrepõem mas as estrofes também, os poemas, inclusive os livros. Isso significa renunciar ao método da composição, onde os textos têm uma introdução, um desenvolvimento e umas conclusões, e tudo gira ao redor de um tema. A coerência implícita na composição me parece uma violência do sentido, uma alteração do modo natural de pensar, de representar a realidade.

A procura por uma escrita orgânica coincide com o desenvolvimento de uma consciência sobre o lugar de onde escrevo. Quando vivia em Cuba – até 1988 – era simplesmente um poeta cubano, mas viver na Nicarágua, Colômbia e acima de tudo nos Estados Unidos – desde 1995 – me deu uma noção mais profunda daquilo que sou. Em outras palavras, a distância objetiva da ilha significou uma aproximação subjetiva; pode ser que não escreva sobre Cuba, mas escrevo sempre a partir de Cuba. Poderia até dizer que não escrevo sobre Cuba em geral, mas sobre uma de suas comunidades em especial, Cayama. Nesse bairro cresci, lancei raízes que permanecem firmes, que ainda me sustentam. Em linguagem acadêmica – minha profissão, em suma – Cayama é o lugar de enunciação de toda a minha poesia.

A gente não sabe ao certo quem é até que não se vê de fora – como afirmava Hegel, de outra autoconsciência. Nos Estados Unidos, me tornei consciente de minha alteridade, de que pertenço a um mundo que não cheira a xarope de carvalho mas a goiaba madura. Isso não quer dizer que não me identifique com lugares, pessoas, culturas, poéticas dos Estados Unidos – e outros países com outros idiomas. O desenvolvimento de uma identidade passa sempre por dois estados: primeiro, a consciência da diferença; segundo, a consciência da identificação. Na minha poesia, tento fazer com que prevaleça a identificação sobre a diferenciação, e transcender a perversa ideologia do nacionalismo. O nacionalismo – fundamento do colonialismo e do neocolonialismo, e que não serve para demoli-los – é o primeiro responsável pelo desastre social e cultural que sofremos neste século XXI, que se assemelha mais com o passado do que com o futuro.

Os poemas que o leitor tem entre as mãos foram qualificados como manifestações do "irracionalismo hispano-americano", e do "realismo mágico". Sobre o primeiro, só observarei que se chama de irracionalismo ao que uma mente limitada não é capaz de entender. Sobre o segundo, devo reconhecer que o pensamento mágico é algo que carrego comigo, estava presente no mundo e na concepção de mundo de onde venho. É uma ruptura significativa com a mentalidade ocidental, com o império da razão. Além disso, a escrita de Gabriel García Márquez – e, antes, a de Juan Rulfo – pertence mais ao reino da poesia do que ao da literatura. A mais pobre definição da poesia é essa que a reduz à condição de gênero literário. A poesia é anterior à literatura e, no melhor dos casos, o romance, o conto, o ensaio são gêneros poéticos.

O que procurei sempre, ainda que no começo não a chamasse assim, é uma poesia dialógica. Uma lírica que recusa o solipsismo, aberta ao outro no seu conteúdo e na sua forma, e por definição antirromântica – o romantismo esteve ativo, como reação cultural diante da sociedade moderna, por tempo demais. Tem que deixar pra trás o romantismo, a poesia do eu e para o eu, a lírica reduzida à experiência. Além disso, a poesia dialógica recusa o realismo – mal entendido como o único método válido de criação para a poesia rebelde. Renunciar ao realismo não significa dar as costas à realidade, mas representá-la com profundidade maior, de forma menos fenomênica e mais essencial. A falha do realismo é que cria uma ilusão da realidade e, como pedia Brecht, é necessário precisamente romper essa ilusão.

A poesia dialógica tem que produzir um estranhamento, fazer com que o leitor veja o mundo como não o tinha visto antes; desfamiliarizar o cotidiano, o que damos por óbvio, o que consideramos possível. E nisso a ferramenta primordial é a forma, a linguagem poética em si mesma. O realismo nos propõe uma linguagem transparente e direta; em termos semióticos, uma arte onde o significado oculta o significante. Tento escrever uma poesia na qual o leitor saiba a todo momento que está diante de uma representação da realidade e não da realidade mesma. Qualquer coisa menos do que um leitor passivo, ao qual se diga o que precisa pensar, o que precisa fazer. Por outro lado, a elipse no poder, tudo implícito, nada explícito; o sentido sem fronteiras, sem sinais de pontuação nem maiúsculas. A complexidade, a inconclusão, a obscuridade da poesia dialógica, se assemelha ao nosso tempo.

Por fim, acredito na poesia porque é a única coisa que o capitalismo não pode converter em mercadoria, porque é um instrumento cardeal de resistência contra a desumanização dominante. Desde suas primeiras manifestações, verso foi o oposto de adverso – venha de onde venha, a natureza ou a sociedade, o corpo ou o pensamento, o pessoal ou o coletivo. Seu núcleo duro é representar em toda a sua complexidade a condição humana e nada nem ninguém pode controlar isso. Seu protesto contra o chamado mundo moderno e sua máscara pós-moderna continua sendo radical, e sua capacidade de transformação é indireta mas indispensável – como dizia Horácio, não é o instrumento afiado e sim a pedra por amolar. Tomara que possa lhe fazer justiça com este registro onde, em última instância, expressa-se a própria *uma álgebra selvagem*.

Víctor Rodríguez Núñez

Mount Vernon, Ohio, 28 de janeiro de 2021

poemas em espanhol

fábula

para Ernesto Román Orozco

ese pájaro come
a grandes picotazos el silencio
lo busca entre las hojas más deshechas
y es un escalofrío
en la única rama de la tarde

luego alzará el vuelo
será una nube rauda
                    sobre sierras azules
donde solo florecen
mi madre y las estrellas
será el canto la víscera
                    el ojo ya sin dueño
lo que se vuelve polvo
piedra que se desangra
contra el arco de plomo del disparo

pero ese mismo pájaro regresa
renacido del humo y la ceniza
y se posa de nuevo
                    como un nido
en la única rama de la tarde

prólogo a *la arboleda perdida* de rafael alberti

cuando el cometa halley
ese viejo maleante de los cielos
cruzó a navajazos el vientre de la noche
mi abuela
          que aún no era la abuela
de nadie en este mundo
soñó tener su limpia cabellera
y puso en el mortero seis huevos de gorrión
que volvió quién sabe cómo *polvo enamorado*
para rehacer su rostro húmedo
a la triste manera de la luna

pero en otro rincón de este planeta
que gira como un enjambre de avispas
cuando el cometa halley
guardaba ensangrentada de noche su navaja

un niño gaditano con ojos de bahía
quiso peinar la fugaz cabellera del cielo
con su tridente de marinero en tierra firme

ha tenido que pasar desesperado el siglo
han cicatrizado las heridas de la noche
el niño no es el niño
                                        sino un viejo
poeta del destierro que regresa
la abuela no es la abuela
sino una abeja
                              que aguijonea el alma
a otro niño que peina en el recuerdo
la limpia cabellera
                                    de una noche del mundo

un poema con tigre

para Alex Fleites

me persigue el tigre de blake
el oro de su piel
                                  el fragor de su impaciencia

ayer mientras llovía
asaltó una reunión de mi comité de base
y no quedó un papel en su sitio
ni siquiera las actas
                                      que a las malas levanto
se bebió los ojos de un amigo
y de un zarpazo dejó desnuda a esther
precisamente a esther
y sus pechos de madera bendita
temblaron en el aire
con olor a naranjas que presienten el fuego

me persigue el tigre de blake
su poderosa respiración de astro
el ardor de sus garras

no terminaré nunca este poema

lógica

si te has puesto a pensar
cuando faltan las nubes
y cae algo así como polen solar
que un poema puede ser una muchacha
ha sido esencialmente
porque ese mismo poema también
puede ser una fábrica
sobre todas las cosas
si la fábrica es una muchacha
sonando sus sirenas
contra el mundo
tendida a toda máquina sobre la hierba
vapor ternura sueño
quemando los aceites más dulces más difíciles
para fundir una vez más la vida
y así lógicamente demostrar
cuando las nubes se cargan de polen
madurado con luz
que este poema puede y debe ser
ante todo
un poema

hipótesis

pensaba ptolomeo
que el mundo era como el ojo de ciertas mujeres
una esfera de húmedos cristales
en que cada astro describe una órbita perfecta
sin pasiones mareas o catástrofes

luego copérnico cambió senos por palomas
cosenos por espantos
y la pupila del sol fue el centro del universo
mientras giordano bruno crepitaba
para felicidad de curas y maridos

entonces galileo
estudiando a fondo el corazón de las muchachas
naufragó en el buen vino
luz que aglutina el sol
y antes de morir sobre la cola de un cometa
sentenció que el amor era infinito

kant por su parte no supo nada de mujeres
preso en la mariposa de los cálculos
en polen metafísico
y a hegel tan abstracto
le resultó el asunto demasiado absoluto

por mi parte propongo al siglo xx
una hipótesis simple
que los críticos llamarán romántica
oh muchacha que lees este poema
el mundo gira alrededor de ti

con raro olor a mundo

acaba de llegar césar vallejo
y trae quemaduras de la guerra
roto el bastón de apalear sombras
la levita turbia como siempre
de tristura

acaba de llegar césar vallejo
con su esqueleto de huesos robados
y la sonrisa seca
el corazón un nudo de pañuelo
cuarenta años de fiebre en la mirada

acaba de llegar césar vallejo
pregunta por el che y por los asnos
saluda a los ausentes
y comienza un poema sencillamente humano
con raro olor a mundo

autorretratos

aquí está el caballete
de cáñamo y lino su fondo puro
tenso en el bastidor
la paleta ovalada sus iluminaciones
azul de cobalto negro de marfil
amarillo de nápoles
un juego de pinceles una espátula
y un dedo de aguarrás
solo faltan la luz

la mano torpe cualquier desengaño
tu rostro *hipócrita lector* quieto

un muro en carne viva
cuatro palmas reales desdibujadas
como todas las frases de mi hijo
un cachorro en los huesos
ladrándole a su sombra
una guagua estridente que no parte
sobre su propia nube
la línea húmeda del horizonte
donde nada te espera
todo sereno pulcro ordenado
a punto de estallar

mitomanía

verdad es el lagarto la canasta de lirios el revólver la verdad como la envidia está en todas partes hasta en el cielo donde se pelean los astros la verdad es la única sombra que no ciega pregúntale al que sangra por un puñal de nieve verdad es la yema el alba el framboyán la nube como el triángulo la verdad es roja y callo pues ya he dicho demasiadas mentiras

si dices la verdad te quedas solo hasta tritón la luna de neptuno bien podría no ser un mundo inerte y estar toda cubierta con volcanes de hielo y escarcha de nitrógeno he dicho la verdad y me arrepiento hasta el propio neptuno bien podría tener su campo magnético inclinado y mostrar sus auroras fragantes no en los polos sino en el ecuador no me dejes mentir

la verdad ante todo aunque cueste como mi madre la verdad es ingenua no hay moral sin verdad aunque cueste la vida sin verdad no amanece y como yo la verdad es inmadura no hay arte sin verdad aunque cueste sin verdad no hay sentido como mis hijos la verdad es cándida no hay amor sin verdad aunque cueste la muerte la verdad ante todo jamás olvides esta gran mentira

instantánea

y de pronto el sillón
                                        como si oyera
las primeras palabras de la lluvia
se está moviendo solo
en la esquina más lógica del cuarto

donde la luz es poca
y germinan unos zapatos viejos

quién lo detiene ahora
después de ese relámpago
que levanta la falda a la vecina
de ese reloj dormido
desde las nueve y veinte que despierta
de este papel con flores
para ningún regalo donde escribo

seguro de que todo es para siempre

contraseña

a la entrada del báltico
te esperan las gaviotas

el agua será oscura
como uno de tus sueños sin verano
la costa será clara
                    como nada de mí

a la entrada del báltico
allí las dejé yo

el cielo estará cerca
casi podrás tocarlo con mis dedos
el barco se alejará
                    como nada de ti

guarda la contraseña
todo buen corazón es un prismático

happy birthday

cuando ya todo se aleja de mí
y entro en la desmemoria
ese cielo sin música
                    sin odio
como un astro perdido

cuando ya todo se aleja de ti

y de ese inconfundible
penetrante olor a nada que brota
de tu centro
                    estrella desmentida

cuando ya todo se aleja de todo
y la menor distancia
que late entre dos puntos
es lo que nos desune
                                        he vuelto a arder

ceniza de infinito

¿arte poética?

para María Santucho y Víctor Casaus

saqué unos ojos miopes
                                        una nariz bisiesta
unos labios que no puedo juntar
un pelo de camello
más un cuerpo de atleta retirado

también el mal genio de mi padre
el dolor en el lado de mi madre
el lunar sospechoso de mi abuela
el cólico nefrítico de todos
y hasta las fiebres constantes de mi hijo

razones que me obligan
a tener mala opinión de la belleza

a la memoria de

olvidaste la escopeta de pino
que una tarde sin asma te consagró el abuelo
la ardiente barbacoa
                                        con su molino zurdo
los peces amarillos que bebían las vacas

olvidaste también el ciruelo parido
las tablas de maíz que desgranaba el viento
y la locomotora

que una mañana entera
te tiznó la última camisa de la infancia

pero no te detengas
solo quería recordarte que
ya sabes olvidar

cayama revisited

Todos los viajes, todos mis
viajes, son viajes de regreso
León de Greiff

algo cruje detrás de las palabras bien puede ser la luna enganchada en un gajo de dios que vomita un hilo de araña sin desanudar bien el cernícalo de niebla que se estrella contra la frente de mi madre tras las abejas de la medianoche o bien el ladrido inconfundible de las espigas inflamadas y las flores recién poseídas por el rocío

pero a todos importan las doradas cenizas barrio que ha dormido en mí y que abandona sus huevos de cristal sobre las nubes que brotan en brasas de silencio silencio como lluvia soleada que no ha caído aún pero que espera detrás del aromal una seña ya dada por la asfixia de abuelo abuelo que avanza con el machete en ristre hacia el espejo es decir contra la nada

hilo que robé a mi abuela y era puro como la sangre de las adelfas que no trinan desde ayer que robé a tía güisa y estaba turbio y no sirvió para empinar el cielo que robé a tía cuca y era débil porque estaba anudado entre las vísceras del pluviómetro que robé a mi madre y no reventará aunque tire de él la primavera algo cruje detrás de las palabras

por aquí anda mi casa y juro ante dios no haberla vendido ni extraviado en la caligrafía del camino con sus veinte pupilas de madera para el viento de octubre que le desempolva el alma y rompe los vitrales del silencio la casa que habita en mí y que protejo de las tormentas en celo y de los soles asesinos pero a todos importan las doradas cenizas

ingeniería naval

la estrella del timón
recién cortada
del jardín de la noche
ese casco con algo de violín
que ha perdido las cuerdas
el mástil que florece

relámpagos entre nubes de ayer
todo cruje en el barco
que ha pintado mi hijo

para mi padre
el capitán
escribo barcos
¿será mi padre ese sueño que tuve
cuando dormí en cayama
con la pequeña almohada de mi madre?
ellos son de papel
pero solo naufragan
cuando no arde la tinta

barcos que vienen
del fondo del océano
barcos que van
a los puertos del cielo
barcos sin rumbo fijo
de la nada a la nada

poema con gorriones

para Pável Grushkó

por mi ventana entran los gorriones
que no saben volar
yo les ofrezco uñas
ideas fermentadas
migajitas de espanto

brilla el doble cristal de los domingos

por mi ventana entran los gorriones
que no saben volar
yo les ofrezco pecas
esta memoria áspera
cascaritas de angustia

solo falta a moscú la sombra de los árboles

por mi ventana entran los gorriones
que no saben volar
yo les ofrezco dientes
una música oscura

semillas de ansiedad

¿de qué parte del cielo será el vino?

drama de marco polo

para Margaret Randall

algo he visto del mundo
las tormentas de polvo de managua
la nieve ya desnuda
en los pinares del camino a smolyan
y cómo discuten las banderas en la torre
de la universidad de puerto rico

algo he visto del mundo
las piedras encantadas de palenque
la bahía de miel
que olvidó el verano en ponta delgada
y aquella plaza roja
pintada por kandinsky

algo he visto del mundo
y eso ahonda mi pena
nada me pertenece

a ver si me explico

para Eduardo Heras León

poesía es algo en realidad posible si prescindimos de las palabras la ausencia de color mejor dicho la luz con que los astros se saludan el reposo no el movimiento y por tanto la danza coagulada el escenario abandonado por los comediantes la obra que ve cada noche el tramoyista el silencio y no la música esa herida por donde todo se desangra el relámpago contra la pantalla cuando dios hace el cambio de bobina josé martí con el grillete y no la piedra en medio de la plaza

poesía es estar sentado ante esta mesa y escribir con letras azules la palabra poesía el viento que viene del lago y que refresca la noche de carbón encendido de managua descubrirse los ganglios inflamados y mañana tener que madrugar para los análisis el relámpago del tren y el trueno del avión o sea el anuncio de cualquier partida haber cumplido treinta y tres años e intuir los centuriones los clavos y la cruz la carta en que mi hijo me dice que *creo boy a hacer de tu tamaño*

poesía es el sentido de mi vida lo que poco importa pues estos son los poemas de nadie

nubes

algazara de nubes
que no me dejan ver
                                        la tez del toro herido
luces que se saludan
sin más ni conocerse
meseta castellana
árida como estos versos al fin

solo le vi los ojos
madre cerrada en negro
por el pañuelo blanco
capricho de las nubes
enmudecer el cielo de la página
mansos ojos de ulises
que tejía y destejía como fiera penélope

yo no duermo vigilo
las nubes del desierto
que navegan en el mediterráneo
ni una sola isla por testigo
solo el rastro de sol
que no siguen las naves ni mi alma
marinera de espacios

y de repente áfrica
sombras que se entrecruzan
como densos relámpagos
las líneas de la tarde
                                        que enredan el azul
en la bolsa vomitaré palabras
no se puede confiar en la belleza

cantina en cochabamba

algo debes saber ya de la vida
pues la tercera ronda

siempre pone las cosas en su sitio
o pagas o te quedas
acodado en la barra de latón
que a alguna hora tiene que cerrar

lo más lejos que irás
si logras hacerte amigo de casa
será a contemplar desde tu rincón
cómo los dependientes
en un temblor se entregan al balance
y apartan su propina

en la calle inocente
que ganaron las sombras
nadie espera por ti
salvo el policía salvo el ladrón
y cada uno al cabo
tratará de engañarte a su manera

algo debes saber ya de la vida
mejor es irse a tiempo
no discutir con nadie
dejar las cuentas claras
y ver si ya está abierta
la próxima cantina

una y otra vez

a los sesenta y ocho años
mi madre no tiene dónde vivir
y no porque sea huérfana
ama de casa comunista viuda
todo se lo destruyen a mi madre
la infancia el sillón de tejer el matrimonio
vean cómo se asoma a los postigos
que no pudrió la lluvia
sino su propia tos entre tizones
y las ajenas lágrimas
la vida de mi madre
sin un solo beso a contraluz
sin herencia ni casualidad bendita
y sobre todo sin final feliz
sin más que un epitafio con la sangre
del peor de sus hijos

nocturno de madrid

esta noche no me promete nada
su color es jamás
me lo dicen los huesos que comienzan a arder
empapados de insomnio

te palpo con los dedos de la noche
celaje sin pezones
irradiación con labios
y a mi almohada suben despeinadas las estrellas

ya la noche su relámpago puro
se derrama por mí
y hasta los pies astros desorbitados
quieren dejar sus huellas en el cielo

la noche se entreabre
y entonces yo le ofrendo mi sueño fermentado
la noche sabe a nunca
pero huele a mañana

entrada

no sé por qué camino
pero he llegado aquí
hasta este raro sitio
sin casas ni paisaje
este lugar desnudo
de las piedras al alma
donde el mundo germina

quizás también tú llegas
siguiendo ese camino
en esta vida harta
de aciertos y certezas
solo el error nos une
la poesía es el reino
de los equivocados

bogotano

para Gustavo Adolfo Garcés

yo juego fútbol con mis asesinos
les disputo el balón
                    gano tiempo y espacio
arriesgo esta jugada individual

arracimados
          sobre el pasto tenaz
de este parque escogido
los gamines se sacuden el polvo
que dios echó en su alma
                              y se bañan con sol
el de ruana molida
                    busca en la bolsa plástica
el aliento de la felicidad
y el que tiene las costillas al aire
caza como un gorrión
migajitas de pan entre la hierba

yo juego fútbol con mis asesinos
me pasaron la bola
                    y pruebo el arco
hay más niebla en los huesos que en las calles

an oregonian poem

como ese súbito árbol del norte
cuyo nombre desconoces
                              y no sabrás jamás

árbol con sombra clara
                         abrumado de nudos
que castigan los vientos sin verano

árbol para cortar
               de vasto tronco
en donde nadie pudo tatuar un corazón

árbol que crece solo
                    sin raíces evidentes y lejos
del bosque original

árbol que nada debe
que ha lavado sus culpas
y es solo desafío

como ese árbol eres
y en verdad
honra tanta belleza

elogio del neutrino

para Jesús Sepúlveda

te celebro
porque en el mundo nadie
es más pequeño que tú
y sin embargo
atraviesas galaxias nebulosas estrellas
sin reaccionar con nadie

porque aun siendo luz
puedes moverte
muchísimo más lento que la luz
o descansar inmóvil
corrigiendo
la teoría de un universo caliente

porque gracias a ti
el pasado fue solo
plasma recalentado y no cenizas
la densidad del plasma
era de billones de toneladas
por centímetro cúbico

porque nadie sabía
hasta ahora
que eras el noventa y siete por ciento
de todo
quedando solo un tres a repartir
entre hijos de puta y demases

porque gracias a ti
nadie se aleja
ya de nadie y todo tiende a unirse
y no importa que sea
en una llama dura

en un punto radiante

te celebro
porque eres
la esencia del espasmo
materia de ternura
o ese poco de nada
con que mi tía dora sus natillas

gracias a dios
no es infinito el mundo
como el verso
está hecho de sílabas
que es posible contar
el mundo cabe en un alejandrino

actas de medianoche i

cuatro

para Antonio Eligio Fernández (Tonel) y Vanessa Kam

la noche que se mira,
no tiene nada que ver con la noche
Jaime Sáenz

la estrella mal herida
de una sola mirada
iris vertiginoso
números al revés
azul de reciclaje
la noche posmoderna
con vísceras de estaño
un loco cablerío
veo por mis heridas
que se cierran y abren
como cifras
la estrella toda ve cómo te miro
la sombra acude sola
a beber su cristal

lo preparé con tus mejores uvas
mis ánimos maduros
y fermentó de sed
se lo sirvo en la palabra copa

disuelto en aguanieve
que aún conserva la huella de los ciervos
y se abrasa los labios
con la oración a lázaro incumplida
doble espía
                    voy a radiar lo informe
todo lo que se va por el caño del alba
regresa en el desborde
                                        impuntual de la luz
no omitiré detalles

porque una sola noche explica el mundo
el lenguaje los números
que se deben encajar en el cielo
hilachas que armonizan
con tu conversación áspera de silencio
peldaños de una escalera que no
sirve para caer
y que da vértigo a la misma sombra
la estrofa cruje
                         nos recuerda ser
algo más que materia organizada
el caserón en nervio
que atravesó la noche
                                        sin ritmo del ciclón

mas nos defiende contra ese viento sin norte
que amuela sus navajas en el quicio
y muere por tajar
la fracción de esquina hasta la médula
ante ti el vacío que repele la sombra
esa nada que arde
                              como sudor de luz
en los ojos tachados
la poca sal que soy y de ti se sacude
la vela con que vengo
alumbrando los ánimos se apaga
noventa y nueve céntimos de lumbre
azul de yemayá
                         amarillo de ochún

una semana entera sobre todos los libros
tiznando el cielo raso
llama que seguirá quemando besos
cuarteados por su tersa lucidez
con toda mi piel oigo
cómo rasga la luz las fibras de la noche

sonido que confirma
mi torpe desnudez y que te viste
de espalda a las estrellas
                                        noche sin estampar
cundida por esos claveles vagos
que aún huelen a luz
tu obsesión con lo oscuro
es solo la obsesión de lo abierto conmigo

malas artes poéticas
a pedrada limpia entresaco ondas
al fulgor estancado
hay aguas más profundas que la fe
y el fango de cordura
la noche es lucidez mas compasiva
sin los brazos en cruz
un nudo marinero
hecho con el haz de rayos cegados
la sombra calculada
                                   arrugando el papel
ya no hay trazas de ti
y el ansia de la nieve contenida
impide respirar

hasta de las ramas más bajas gotea el cielo
residuo de imagen que se evapora
tedio recién pulido
                                   con borras de relámpago
nubes por escanciar
la tristeza en los músculos
                                          tu fractura en el alma
ni la noche ni yo
podemos sin esta reflexión que nos enciende
cómo hacerlo sin anular las huellas
que lo han bordado todo
                                          con un sentir abstracto
ni la noche ni tú consiguen derramarse
descarnados en luz

en mi balcón simbólico
garabateo la sombra
                                    un sueño
del que me han despojado los vecinos
una página en blanco que me ensucia
una luz sin usar envuelta por el ser
unos ciervos sedientos que me afano en rayar
este plano del otro donde soy omitido

se acumulan insomnios
todo huele a reseda
                              cadencia en cada nudo
sentido imprevisible
mas entonces el viento desordena
lo que esconde la luz

hasta las piedras más sensuales son
desvelo acumulado
y las sombras desnudas nos alumbran
me pregunto noche despabilada
sin luceros ni bronca de vecinos
la tormenta en el vaso de palabras
¿amainará conmigo?
¿solo un magro papel que reverbera
junto al hueso soñado?
¿se fundirá el soneto en tu carbón?
no sabes que la vida
ha pasado otra vez sin recordarme
clérigo infiel
                    yo solo sigo un ritmo

algo lo opaca con el corazón
que acecha entre jardines por tejer
algo lo deja azul
con la idea que hace oler a las rosas
un lirio que desafía la aurora boreal
un otoño que el viento nos está echando en cara
el ritmo irregular
que al cabo restablece la armonía
a escondidas de mí
he robado tus sílabas contadas
todos vamos sin prisa como cebras
camino del pesebre inmaculado
y la noche incurable
de pronto se encabrita con los números

¿quién recoge conmigo la armonía en el polvo?
oscuridad dialógica
que no escucha a la luz despotricar
no se discuta más
la sombra siempre tiene la razón
vuelvo a medir el tajo del vacío en tu cuerpo
a ver si me equivoco
                              de ninguna manera
la noche son tres números impares
el ritmo que te extraña

el pulso atento
el insomnio más afilado
nadie ha podido doblegar la sombra
ponerla de rodillas ante una sola luz

actas de medianoche ii

once

para Alex Fleites

debe abrir el silencio
con su llama desnuda
João Cabral de Melo Neto

de cara al sur
trabajo para ganar la noche
una brisa salada
inofensiva
descorre el firmamento
poleas y relámpagos
nieves que nadie ordena
claveles de dos mundos
grafía nebulosa
la tramoya del cielo
y la estrella polar
titilando en la hierba
me cuida las espaldas
esta noche la noche que ya tengo perdida

el pequeño tomate
rayado como tigre
me traduce lo que no dijo el sol
y las alas de ángel
sin erratas
me revelan lo que arde en la ceniza
la palma no interrumpe
mas inscribe
tu prodigiosa sed en esta página
la intemperie
el más acá
lo otro
en realidad solo habla la sombra
con mi silencio pulcro

y el crujir de tus sueños
la sombra analfabeta
porque lo sabe todo
y cuando no lo escribe
noche manuscrita
que me das fuego
para espantar el fiel lugar común
por ti las cosas arden
hasta el rencor
con simétricas llamas azules
y esas crepitaciones
de médulas rigurosamente calcinadas
pueden cegar estrellas
un poema conmigo pero ya no de mí

la sombra tira de todas las cuerdas
en cada hueso sopla
percute en ningún ritmo
un poema deshecho con el alma de punta
el viento una vez más
acarrea esa nada que lo perfuma todo
pero las hojas del palo de hawái
son de otra opinión
se estremecen cargadas de sentido
sienten el soplo abstracto
con que la noche anhela
desvanecerse en tus contradicciones
hoy tiene la razón el sentimiento
hay demasiada ausencia que partir

albas diplomas kilómetros hijos
tras muchas precisiones
solo esta alternativa desvelada
doble filo de la ambigüedad
con que me tajo
algo rompe a cantar
en la zona perdida por la sombra
ventanas encendidas
de algún infiel que esculpe
otra cara del mundo
estaré aquí pendiente de tu luz
hasta que nada cambie
yo soy la relación
entre la punta mellada de un lápiz

y la página en blanco de la noche
lo que inscribo en los márgenes
de toda claridad
                              toda ilusión
yo canto aunque despierte
la mujer del vecino
mi desvelo será este silencio
que no deja morir
nada tiene sentido menos la sombra
con sus rimas algo dice el relámpago
al viento dan las comas un aire de soneto
está lloviendo y punto
hoy me he vuelto al revés
y cada sílaba es una costura

puntadas asimétricas
                                        hilos en desconcierto
un objeto que encanta
todo sujeto desencantado
la noche sus mitades
                                       sobre la tabla escrita
esas partes idénticas
que extrañan la unidad y no lo sienten
desgarrados que solo
tú pudieras coser con esta aguja
la noche cercenada
mis hijos que desamparo y extraño
estoy en todas partes
                                        vórtice de la luz

no existo sin tu ausencia
sombría secreción
existo porque busco
                                       articular silencios
yo soy un resplandor
de la nada ardorosa
el poema no es
                                un barco a la deriva
náufrago de horizonte
es el agua rasgada
                                   corrientes viscerales
toda esta luz de fondo
espumante dolor
en las playas del otro sin espumas

noche disociada
                                 que se repite

mester de extranjería
elevado en un sótano calcinado de frío
luz piramidal
                    arenas contadas
irregular columna
que sostiene la ausencia de crepúsculo
no sé leer las rocas
                              no sé escribir la nieve
solo busco la lengua
que le enseñé al olvido
vine a guardar silencio
                                   no hay nada sino estar

a un lado de la noche que no pasará en vano
escuchando a la nada
su espléndido discurso
                                   sobre el ser
ni una sílaba más por desgranar
la penumbra recupera el aliento
ordena el desvarío
no hay una sola muesca
en su rostro de firme palidez
ni una cicatriz por donde se filtre
el lúcido rocío
y no hay luz que ensombrezca
el relumbre de tanta oscuridad
lo dejo todo aquí

ni mi sombra en la página
soy creación de la noche
                                    desvelada materia
que se afirma a sí misma
algo más que un bello apalabramiento
cuerpo almado
                    alma corporeizada
algo más que la cópula
en la vieja escalera
                              del verbo con su sombra
estas notas al margen de la luz
puro texto ilegible
                              sin tu respiración
la noche mal escrita

intemperies

la lluvia con alma de alcantarilla
el camión ambarino
que pasa echando espuma
agua venida a menos
que se empoza frente a la barbería
el ciclista sin rumbo
que solo se cubre con un bolero

aunque el trueno la nombre
la manzana no respeta la lluvia
nada espera que escampe
y todo sigue su muy seco curso
debe hacer calor en este poema
como cuando ha llovido en campanario
y del asfalto brota un arco iris

pétalos herrumbrosos
espejos donde nadie se ha mirado
y el sol comienza a recoger las sílabas
los añicos de nube
las heridas radiantes
                                        la convulsa ilusión
esparce sus semillas el reloj

germinan en la brisa
que solo han removido tus caderas
la palma sobre el muro
                                             el cantero de tilo
todo va a florecer
si la lluvia cumple sus amenazas
vuelve a cruzar el camión amarillo

tolvanera de música
hace un sol sin pulir
sobre el banco de la carpintería
relumbra el policía vigilado
desde la cuartería que se apresta al bembé
mas la lluvia cumple sus amenazas
cuando dice a llover

la selva de recebo
                                  arroja sus mamíferos
una capa morada
puede ser un signo de distinción
una letra en cursivas

menores y mayores se pelean el chorro
de una canal en uso

por milagro sin dudas
alguien sobre un cartón
hace surf en las olas
                                        de la calle san lázaro
es el único instante
en que sabemos que resistirán
las ruinas del futuro

destierros

ya cabecea la nave del desasosiego
había obreros cortando la hierba
abrumados de luz
                                        no viendo lo que hacían
alerones nerviosos
                                        equilibrio esencial
esto no es el vacío

una sombra en el agua nos persigue
con la isla a babor
                                        me acomodo en la inercia
la pradera tatuada
inclinación de giro
                                        la niebla de tu piel
no hay altura sin desgarramiento

un sol intermitente
perdido entre la lluvia que será
los rastros de ciclón
                                        fiebres aventureras
esa piel que me alcanza
es la herrumbre del amanecer
que no mancha los ánimos

vuelo entre dos amores
                                        un imán invertido
el ardor queda atrás escoba amarga
tu memoria curtida
y la ausencia del mundo
que en el azul tropieza
                                        cielo de bajo fondo

arenas naufragadas
polvo de corazones que partieron
petroleros en ruta
entre el fango profundo y el mercado
el aire que primero respiré
queda atrás con tu asfixia
la realidad tiene muy mala letra

altura de crucero
el viaje empieza con una invención
bajo un sol de cristal esmerilado
entreteje distancias
                                        donde se apoyan cruces
el viaje termina en un arco iris
de solo tres colores

no sé si estas alas podrán con todo
lo que encajo en el pecho
desaceleración caída libre
el tren de aterrizaje
                                        se enreda en el vacío
plano inclinado
                                    peso de la emoción

resguardos

un verano más con aimé cesaire
en otra isla que también es suya
este país natal
                                  donde no tengo casa
mas fermenta en las vísceras
la arena de mis huesos
                                             un sabor absoluto

isla difícil
                        cada vez más otra
que entiendo solo por aimé cesaire
la isla donde siempre es mediodía
nortes que cristalizan en las cañas
la isla atravesada no en el mar
memorias que cuartean la nevisca

¿para qué separarse de esta oscura
sudada multitud
con sueños asediados por mosquitos?

la realidad es un sello de a quince
en la esquina de tejas
papeles húmedos de explicaciones
las venas donde hierve la paciencia

aceras discontinuas que impiden olvidar
derrumbes como fotos en the new yorker
la cajera tiene la niña mala
y no solo la lluvia
                    todo el ser estancado
descolonización
                  un camello al vacío

alguien aprende mecanografía
con mis identidades
                         lázaro lleva acento
gritaría si valiera la pena
me calmo con el nerviosismo del ventilador
tú no debes quejarte
has roto la barrera del sonido

¿quién me pidió la hora?
¿la caracola virgen o el rucio babalao?
no es una trampa pero no hay salida
un azul que no miente resguarda las fronteras
de esta isla amañada
un azul cotidiano de agua con azúcar
tres gotas de limón

un azul trascendente
                         encrespada palmera
que amansan los arroyos
un azul donde cruza el canario amarillo
con tus ojos tan negros
un azul inclusivo que podría cambiar
toda esencia vencida

borrones o algo que no se espante con la luz

un mínimo accidente en las esferas
ha puesto a contraluz
                          la copla muda
¿de dónde su mesura si soy cómplice
del vacío revuelto
y no hay más lucidez que los relámpagos?

es la música interior de un felino
que se vuelve pelambre
                                        y rehúye las velas
en busca de algo que no se espante con la luz
el poeta vigila los descuidos de dios

bella y desconocida como nunca
avanza entre la estática
de la respiración que cae con la nieve
una balada anónima
en esa lengua azul con que no escribo
pero da de comer
ansia contra crepúsculo alba contra dolor
perdí todos los libros
y el resto lo quemaron la madre y el ladrón
nada inquieta a la sombra
que se va serenando encuadernada

nadie quiere acoger
esas horas en pliegos de favila
al perderse las hojas
                                    rasguear desde los márgenes
asilarse en el fuego
los mismos y los otros guardianes del discurso
han tirado la puerta
                                    no te dejan salir
del barracón sus cóncavos espejos
agradeces la sombra el fondo que ilumina
todo lo que te omite

el silencio que alega
                                    contra la sustracción
gozas de este papel que amarillea
honestamente efímero
                                        esta tinta indeleble
con que secas la pluma
no hay manera de tenerte a raya
ávida picoteas el teclado
los símbolos se vuelven astromelias
arrugas los papeles como alas
renuentes a volar

encegueces con tus ojos caribes
el vértice de los significados
gorjeas como un puño
                                        insaciable
no dejas concebir

si quebraras la péndola
cada ojo vaciado
                                lo notaría
fue afilada en el lomo de quevedo
una pluma que acabas de arrancar
a un vertiginoso arco iris en managua

escribir al revés
                                de la piedra a la nube
de la impotencia al hambre
                                del compás al vacío
el sentido se afila
                                navaja de barbero
en tu piel desclavada
esta mesa es el eje de una estrella
como en tiempos del verde garcilaso
las sílabas arden con el pabilo
algo no dejan ver

el invierno ha estrechado su cerco
el alma se engarrota
la noche es más sincera que la nieve
sin ningún compromiso
                                nos tendemos la mano
este poema y tú
no hubo un buen lugar ni nadie me ayudó
lo hice a pesar de casi vencido
a diario decantándote
                                al fin desposeyéndome
la incomodidad de cantar desnudo

arrojarse al rescoldo
entre la algarabía de la leña
aunque tú sepas leer la ceniza
¿valdrá la pena confesar que creo
a la luz de un árbol de navidad?
tonos traspapelados en insomnio
mortificada pulpa
la calma tiene algo que decir
debajo de la línea
                                desde la zona en blanco
algo ocurre de pronto y jamás se sabrá

el zorro en el alféizar
no se sorprende de verme afilarte
negro y blanco en la hierba
danzan hasta el borrón

llegaste del misterio y permaneces
resudado el perfil
la camisa que nunca vas a usar
la mirada sin vidrios de la madre
el ladronzuelo tallado en madera
el dorado salobre en el ancón
nada a cambio de todo

un acento de lluvia
                                        un albor repetido
en la anhelante tinta del espejo
la violencia que afina su canción
con tres gotas de tinto
recobrada en la agenda de vallejo
la gloria llegará como la muerte
se levantan los signos irritados
desde el granero rojo
                                        es la obra del viento
limaduras de subjetividad

la balada comienza
donde terminan todos los discursos
es flor en un casquillo
                                        que no olvida la pólvora
tolerancia armonía claridad
el poeta desacopla el poder
aquí sobra sentido
                                        basta ritmo y verdad
ideas que se trazan a sí mismas
círculo bipolar línea imperfecta
materia sublevada

afueras o la marmota se harta de crepúsculo

la montana contra un cielo asonante
a punto de cuartearse en su fijeza azul
aire que cristalizan cedros de hulla
y caballos que se espantan el frío
en lugar de las moscas
                                        los gansos cartesianos
avanzan como sílabas
al borde del soneto figurada laguna
y rompen formación
                                        al cruzar el galanto
de un encabalgamiento zanja ciega

todo aún por hacer
el signo que se filtra entre tres gajos
que el viento esencializa y corrige la nieve
tientan las ranas la única cuerda
que le falta a la noche
repleta con flores amarillas la marmota
ha vuelto a ser pulsión
ayer cayeron hastiados sicómoros
y estorninos en vuelo
alborotan la sombra que calcina
¿el miedo que regresa espantado de afuera?

contra el cristal resuellan los venados
como desasosiego ávido de papel
sin tu brillo la penumbra ya se deja oír
un temblor que cobija
el ser es inocente mas se lava las manos
el relámpago no sobresalta al puercoespín
que carga toda la lluvia consigo
las gotas ensartadas en las púas
no dejan de irradiar entre la sombra
el miedo su osamenta
al filo del maizal en ausencia de nieve

la muerte es una ardilla sobre asfalto
un cerro contra el cielo que se aprieta
voy a arrancar un sauce en cada esquina
el agua sin destino
no deja de gruñir entre las rocas
la hierba sobre ti es una errata
esa caligrafía copiada de los robles
que el invierno deshuesa
alarma de tornado
                                        las luciérnagas
no cambian su rutina

sigilo entre las briznas de sirena
la ardilla atropellada
                                                abriéndote camino
a la hierba le queda la memoria
de su verde futuro
                                        por eso es que resiste
el furor pesimista de la escarcha
árida primavera con tulipanes negros
que los ciervos rumian bajo la luna
en el alma del hielo la corriente
es un remordimiento

el sol entre la niebla que escapa de las tibias
jamás acariciadas
el paisaje promiscuo y en su centro
la mancha de pureza de un estanque
los patos dormidos en el torrente
te imaginan abierta sobre la grama añil
la tojosa en la nieve desafina
como niña sin dientes frente al piano
sobre el hielo engreído
la marmota se harta de crepúsculo
palabras de mi madre

como si te olvidaras de algo puesto al fuego
el tizne enardecido
no se detuvo ante las falsas cruces
transgredió las ventanas
la música de las contradicciones
su elipsis de ceniza
todo el viento del mundo
no podía remover la sombra descompuesta
sus coágulos filosos
el vacío inundó las partes bajas
y fue necesario animar la luz con rezos

mas no hubo oración capaz de amedrentarte
volvió la calma cuando con su pupila sola
mi madre desafió
el también absoluto ojo del huracán
la nada en los calderos
                                        todo por contemplar
el hálito que amella su cuchillo
en las piedras insomnes
y la luna que amuela sus heridas
en áspera mudez
ni galaxias ni gases ni materias oscuras

incoherente agujero como ombligo del ser
crece en la constelación de eridanus
al sureste de orión
a más de un semillero de años luz
el justo mapa de las radiaciones de fondo
mostraba en ese punto su tenue mancha fría
y lo reafirma el eco de microondas cósmicas
que siguió a la creación del universo
esa débil señal que resuena desde el big bang
la manzana no tiene segundas intenciones
pero sin ilusión se acaba el mundo

un pájaro del sur
picotea semillas que retan al invierno
y me mira desde su emplumada indiferencia
su vértice de lumbre para que no olvidemos
la honda lejanía
se ha oxidado el conserje entre la niebla
su lámpara amarilla ya no espanta las sombras
en la espera hay un ojo que se mira
la nieve del instante no deja de caer
la vela desbordada el último volcán
afuera la tormenta y los obreros discuten

el aire se desploma a sí mismo se dicta
hasta la hormiga sabe que rima con fatiga
en la espalda del fuego ¿quién escribe?
el azar es mi acierto
como el pato de cabeza en el agua
la sed es la corriente el hambre la adherencia
el pato indaga en la dura fluidez
y su plumaje umbrío
hace brillar todo el ser congelado
la forma es ideológica
con la contemplación el mundo cambia

deshielos

I

hay un círculo de tierra caliente
donde reina la hierba
no se atreve la escarcha
la nieve dura menos que el amor
en el mismo corazón del invierno
esta úlcera verde
todos pasan de largo
obsesionados con su intrascendencia
yo no voy ni regreso
me paro allí reverbero el vacío

3

te abandona la luz
entre los girasoles que se encienden
las banderas empercuden la brisa
el estar se coagula
del estanque se levantan los gansos
y vuelan en escuadra
a su imagen
                    todo sigue los rastros del sol
salvo la mariposa
que inesperadamente se posa en una sílaba

6

cuando la lluvia envidia
                                        se hace nieve
y se tiende sobre el bosque desnudo
que la recibe gris
                              enmarañado
como todo principio toda fe
el bosque se embellece pues la envidia
no se va por las ramas
                                      arde como la brea
el único final es el placer

11

quebraduras en los cielos de ohio
donde se filtra el ser
ansias que se despintan
                                       como graneros
y reiteran a voces la llanura
versos como reses
                              en sus cuartones
sin humos de razón
es un alba cernida
                              de maicena

20

extraños animales esas hojas
que hasta el árbol olvida
pero se angustian en este rincón

donde el vacío cruje
no el verano del indio
que borra palideces
moretones del alma
ni el norte que jadea desde el fémur
en discreción se agobia
acalla su destello

21

extranjero
como sombra en la nieve
de la patria dual
esa que nunca da la espalda
y que huele a reseda
a zafra que se inicia
a ingle fértil
ese verde que no te deja en paz
otra cosa no soy
tu decencia brutal

23

en un mundo derecho
que no rima
lo único verde es la combinada
sus pétalos abiertos
entregados
a la nieve en caída horizontal
sus pistilos
ávida geometría
pasión inoxidable
que desenlaza los nervios del viento

32

tintinea el silencio
nieve calada con semillas de girasol
cuando falta el ánimo sobra la poesía
que se guarda en su horma
en las esencias del escaparate
dar de comer a los pájaros que nunca vienen
la corriente sigue a través del témpano
¿y cómo deshacerte de su ritmo?

¿la pequeña campana
donde el frío repica?

35

dos pájaros en uno
posados en la orilla
el real pica la noche
que fluye inconsolable en la nevada
su sed es negativa
lo comprende la luz nos abandona
el reflejo no imita
porque se bebe un pájaro
las dos alas permiten con el tiempo
ser uno en este sauce

49

no leyó a mallarmé
pero tira su dado
que revoca el azar
sin consonancia rueda
escaleras arriba
lamento simbolista sin esmaltes
es que lo sabe todo
el resto la imagina
y anda descalza sobre el hielo negro
que nada le pregunta

53

biografía del nuevo cimarrón
emboscado en la nieve
¿escapar del ingenio
la vigilia aceitosa?
¿huir de campanario barracón
polvero de oraciones?
no llegarás al centro
sueño desmantelado
en la espalda los resuellos del can
y el nuevo rancheador

55

en el juego celeste
no me alejo de ti
somos la tejedora y el boyero
que se van a las manos
sobre un cielo de paja
la nada se desboca
agitando el espacio
con sus alas de grulla
que la estrella recele
nada más armonizo con tu lumbre

66

insistes en mirar
tu perfil en el lago
el fondo se evapora
y los cisnes se espantan
es tiempo de deshielo
creciente de la décima
los osos los caracoles despiertan
con el primer pistilo
obligada a seguir
olvidarás el rostro

67

disfrutas los descuidos de la nieve
las fugas de afonía
en la noche vienen los venados y los comen
sin complejo de culpa
la condensación que oculta el conejo
ambarino con orejas raídas
cuesta arriba en la hierba
como tu desazón
cristalizada
el alba no se explica

71

el agua siempre encuentra su camino
arterias en el témpano
las venas de la noche

no cree en el vendaval
la línea recta
el carbón sin espasmo
la voluntad de estilo
lluvia muerta de sed
bebida en tu garganta
por eso sigo el agua a todas partes

90

los vaporosos signos
resquebrajan las paredes del baño
las pieles se sacuden
la ternura
que en remolino cae
los cuerpos se revelan
al denso vacío
descuartizados
pero la belleza restablece la unidad
gotea transparencia

97

hacer como la nieve
indecisa en silencio acompañando
desatar una elíptica
al sistema lunar
una vuelta completa
la gracia del rigor
regresar a la isla
que flota en el vacío
y jamás olvidar
que en el espejo la imagen respira

100

la nada que se aviva
balbucea en la estufa
su luz en el cristal deja un mensaje
claramente ilegible
su sombra deletrea desde el borde
la respuesta al oído
la nada que se copia
en la noche de un folio echado al fuego

como un copo de nieve
efímero y hermoso

[unos ojos que le han robado al cielo]

Ahora qué hace ella
De rodillas entre dos golondrinas
Vicente Huidobro

1

hoy te ganas la vida vigilando
la muerte de una vaca
la academia no da para el divorcio
menos para el amor

en el prado del sueño americano
entre ortigas y zarzas
se escucha solo el eco de la muerte
que se esmera sin desfallecimiento

paisano baudelaire que rechina dientes
en la tripa del libro ninguneado
instrucciones escritas terminantes

del dueño de la hacienda
que ninguna criatura
coma del animal sino la muerte misma

2

el coyote ya comenzó la ronda
su mirada destaza
pronto vendrá el camión con el veterinario
que certificará la defunción

la res y su música enrumbarán
la planta de conservas para perro
y podrás llegar a tiempo a la cita
en la penumbra de la biblioteca

o en las cuidadas frondas
del cementerio que ni la muerte usa
entre las espinas cuajan las bayas

los cardos aprovechan y florecen
puja el viento lanudo en los linderos
marcados por el óxido

3

la brisa no sabe qué hacer con el ahorcado
se restriega en la lana del abrigo
los pantalones cortos de repente
ante la ya libre gravitación de las piernas

la hematoma en el rostro
las manos infructuosas
la honra desnucada
                                        no la intrigan

duda entre columpiarlo mesar la cabellera
deshollinar el ánima
hay lagos que agitar hojas que enrojecer

caballos que seguir en el galope
ese cuerpo que han puesto en su camino
no le corta el aliento

4

a plomo contra el norte
se levanta el rumor segado del maíz
arquea las columnas
desconcierta las vértebras

y la luz agolpada temerosa
de entrar por las hendijas
al granero repintado de rojo
va a enredarse con mugidos de vaca

afilar las pupilas
de quienes han desafiado la noche
al resplandor de un sueño

cuando el fuego termina su tarea
la ceniza se vuelve escalofrío
visión que no da sombra

[la seta en el montón de limadura]

y en una sala del Louvre, un niño
llora de terror a la vista del retrato de otro niño
César Vallejo

3

gritan y no respondes
estás en la yema del aromal
nadie te busca donde nada llega
ni siquiera los jíbaros guineos

a escondidas fuiste abriendo camino
una tarde con la camisa a cuadros
lo único que cruza la espinera
es la voz de tu madre

meticuloso como un huracán
te tiendes sobre las secas corolas
bajo un cielo que deshojan las nubes

como un cordón de hormigas
y te desnudas solo para ti
a esperar a los indios

4

sobre sus huesos juegas decía el viejo núñez
al recostar la angina
                                        contra el ámbar rocoso
un fuerte colonial donde a la luna

relinchaba la pólvora
los indios no vinieron se enconaron
como espinas en la imaginación
no escarbes en verdad decía el viejo núñez

con su voz resinosa de aserrín
el hoyo en la ceniza se llenaba
de leves torbellinos

la prueba es el revólver
elemental con que a los siete julios
sin más te suicidaste

5

en las encrucijadas hay un olor a madre
sudor cristalizado
penumbras en almíbar
un fehaciente cuchillo

entre latas sarrosas
para café y manteca
hay un sabor a madre en las encrucijadas
melazas en su luz

alma de arroz con leche
un cuchillo que corta todo menos la esencia
guayaba del perú

que maduran las moscas
el filoso destino de una madre
que se puede envolver entre hojas de plátano

7

un perro ante un librero
en medio de las ruinas transparentes
el librero fue una obra del asma
había sitio para la vieja alcuza

el manojo de albahaca el sebo de carnero
pero la casa se cuajó de libros
el mal genio del polvo
la gotera puntual imprevisible

el perro fue una obra de nadie
era un buen nadador
lo hacía todo hasta el último aliento

le mordieron la oreja en la manigua
se lo comieron vivo los gusanos
hoy haces cualquier cosa por no aullar

[la palabra cerrojo para salir del mundo]

soy yo sin vos
sin voz
aquí yollando
Oliverio Girondo

2

con tu aliento desempolvas los santos
predicas en iglesias que abandonan
tienes tu propia fe
está llena de nudos todavía la lijas

no le has dado barniz
con su resina se almizcla este sótano
otra frivolidad que reconforta
una por una besas las ansias esmaltadas

teólogo sin orden sin comulgar
crees lo que descreen
el haz de flores secas restituye la sed

y las sientes gotear en la razón
el apagón de vela desentume la tinta
la memoria del polvo puede hacerte toser

6

como lobos marinos apilados
en la silla lorquiana
afuera como siempre está nevando
se borran las orillas del canal

te falta el aire pero estás tranquila
disfrutas cada átomo
balbuceamos un himno
para llegar al cielo con los trabajadores

¿por qué suena la alarma
me da de pronto sed quieres otro juguete?
¿por qué el viento confunde

las huellas de los pájaros?
¿por qué no nos quedamos
para siempre un instante?

santa maría

sin media luz donde caerse muerto
tirado en esta playa
como el cangrejo que no tuvo suerte
y el niño perdonó

compadeces a la piedra que te guiña un ojo
su fresca militancia
y la bicicleta cargada de caracoles
te cruza entre las muelas

la arena en las cesuras
hace que las claves no estén en tiempo
el mundo es una güira pintada como quiera

para la discreción de los turistas
nadie te contó antes
lo que se aprende si sales del agua

malecón

el ruso con arpón y la santera
pisan fuerte sobre la savia de flamboyán
no hay sentido común
solo hollar la belleza

él ensartará su cubera de oro
coleando en el agua enjabonada
ella se casará con su turista
encantado con la asimetría de los pechos

todo en la misma tarde
en que el sol decidió quedarse fijo
sin embargo la lluvia se apersona

se filtra entre las ruinas
cuando la noche vuelva encontrará
desilusión en sal

vuelo

1

un vuelo sin destino sin origen
como bala de plata
                                        en la boca del lobo
la nostalgia agrumada nubarrón

claridad turbulenta
abordo del vacío
                                    en su piel de majá
una pluma en la elipse de la noche

la violencia cubierta
                                          con maleza celeste
fijeza inalcanzable trayectoria

como rayo de albur
                                          adentrarse en el día
en el destierro también amanece

2

entre las nubes nadie es extranjero
latitud de la lengua
                                          longitud de la sangre
materia que se piensa y contradice

agua vapor escarcha
rápido de los andes témpano de noruega
lágrima de caimán
                                        traspiración

nunca tropiezas con la misma gota
con el otro carámbano
sino la turbulencia que entrecruza las penas

su comercio intangible
                                                estela de lo informe
eres el compatriota de las nubes

10

no basta con la huella
se precisa el error
bracear fuera de cámara
no esperes que el miedo te dé una mano

requeridos la altura
remontar turbulencias
no creer más en ti estar atento
cada instante toda una noche en claro

hincar una familia vertical
al encanto del sitio
esto como el amor no se hace solo

aunque el después se ausente como el antes
eres raíz con miedo
deseo y algo más

ohio river valley

ya viene el horizonte
puedo escuchar su luz
que tropieza con todo
y me deja la piel con sabor a jengibre

ya se deja empuñar
la z materna del río ohio
sus fábricas de noche electoral
sus almacenes de desasosiego

ya las casas en mí
como remaches sobre el fuselaje
de un avión en el iris de un tornado

y el descenso hacia ti
sonrisa izquierda
y el abrigo que me empieza a extrañar

27 mallard pointe

de súbito en tu casa
                              que ya no reconoces
ni te reconoce peor aún
aunque has dejado fibras de adn

en todas sus aristas
y has cargado contigo varios cielos
algún fondo de mar
ya ves no te será dado volver

a orillas de este lago imaginado
se olvidará tu lengua
se dirán cosas con letras inútiles

no te quites esa sombra arrugada
ni la mirada zurda
aquí también eres un extranjero

paseo del prado

este país se nos fue de los pies
y tomó otro camino
                              con su densa rutina
que ni una rumba puede alebrestar

mulatas legendarias
abanican la espera maduras de calor
y chinos hacen cola sonrientes
a las puertas de nada

país de reguetón doble moneda
estridencia ideológica
donde lo único decente es el sol

país alzado en ruinas triangulares
sin aire en la escalera
que ya no queda aquí ni regresa contigo

casa de zenaida

resuelto a reparar lo irreparable
en la ciudad bloqueada por el polvo
la mesa convertida
                              en idea de mesa

la jicotea en concha vegetal
y las hojas carnosas con ribetes
en fósil acezante
                              le buscas un sentido

al solar atestado
a cada araña de la barbacoa
mas este espacio tiene su compás

ni la muerte se apura llega tarde
por un sitio decente
a sacudir el ser con un trapito

el cuaderno de la rata almizclera

I

por un cuello de abrigo sale el sol
la luna vuelve por la chimenea
hace el resto la lluvia
con su densa solución unitiva
la piña y el fenómeno
la esencia y el ciprés se corresponden
ante tu desnudez la luz se oculta
la sombra se revela como piel
en la esquina celeste acorralados
perros que nada puede desunir

lunas por todas partes
con deseos de no perderse nada
no hay más que paja seca
aura de serranía
en la brasa el cabrito que arrastraba el arroyo
soles desempañados por el vino
por la ginebra turbios
el arpegio y la imagen se sacan a bailar
la memoria en jirones
del que no estuvo allí pero se acuerda

2

para John Kinsella

estampan las nocturnas mariposas
su cifra en la pared
se posan en los ángulos
                                        las imprevisiones
donde acecha la araña
con las alas en v
                              marcan la elipsis
donde no se aventura la razón
en luz se vuelven fósiles
recuerdan lo que debes olvidar

los corderos manchados con asombro
rumian entre la niebla
                                        al reflejo oxidado
de un silo con cereal al vacío
es tierra resentida
por artes de una cruenta floración
no más escarcha cómplice
                                            realismo
toda la claridad
arrancada del iris por el viento

5

para Jean Portante

con su carbón la rata
                                      puede atizar el brillo
y apagar la mudez
imagen en astillas
mensaje que fluye a contracorriente
con su cisco la rata
ante el viento en jirones hielo crudo
lunas que no desisten
la nada se da vuelta
                                    forma comprometida

¿y la gracia almizclada
en los soles que no pudieron ser?
¿cuando el hielo devela
la nerviosa osamenta de las cosas?
¿vigilaba latente

a recaudo de toda condición?
¿cuando el torrente cuaja
al pie de la impureza de los sauces?
¿agitaba en el sueño sumergido
las ondas del estar?

22

para Hugo Mujica

no serán inocentes
pero debes dejar en paz a las estrellas
en su improvisación en su bramar
sin coherencia ni fondo
                              comprueban el milagro
porcelana en pirámide
que desbarata el hambre con sus cuernos
aunque no estén provocan
en la penumbra láctea
                              este justo rubor

raíz en el abismo
                        entraña de otro mundo
nudo sentimental
que un minero de salitre deshace
te vas por la tangente
como lava frustrada de ser roca
veta de humo
                  fantasía en espiral
blande el pico y la pala
la nada siempre entierra la razón

32

para Jorge Boccanera

la lluvia no te deja
                        conciliar el silencio
y se resuelve en una tos nublada
un seco escalofrío
nada que completar
se evaporan los rostros
                              y estañan el espejo
donde todo se oculta de sí mismo
tosco bandoneón
el arroyo te quita la palabra

la afonía es la lengua de la muerte
que no puede callarse
una espuma maciza
movilizando el polvo de raíz
todo el líquido arrojo
a tu sed desbordada
armonía de cuarzo
soledad con buen juicio
pero si escuchas bien
la muerte trina

35

ante el menor descuido de la nieve
retoña el enemigo
lobos raposas linces
sus rizomas se injertan
en la objetividad palabra mágica
sus frondas se remecen
en el procedimiento
hechizo numeral
cuando el olvido nieva
es la primavera del enemigo

salirse de esa órbita
su madera imantada
cocodrilos serpientes esturiones
en vez el cardenal que lleva un girasol
en su nocturno pico
la estela de una luna renegada
en su claro de miedo
la rata almizclera que se zambulle
en medio de la sed
asimétrico y punto

44

obedeces a la desobediencia
esa fiebre benigna
plantada en el crepúsculo
no trasciendes el embudo de estaño
donde la gracia surte
unidireccional

abres el abanico en el despegue
pero solo consigues la censura del viento
mas no cedes el paso
péndola emponzoñada

en la misma trinchera del salvaje
a pie sin armadura
el sol tuerce las líneas
nunca más paralelas
la fiebre es la revancha
con una ojeada maduran los mangos
sobre el volcán se posa
la corola de plumas
esta espina que avientas sigiloso
sin arco al corazón

50

para Linda Metzler

araña encenizada
que te dejas caer
con hilos impacientes sobre un pecho
si el sueño diera vuelta
no serías memoria
oponente
mancha imperceptible sobre la sábana
es mejor escaparte en una elipsis
hacia la intrascendencia
ese escondrijo

la araña que en la noche
urde la simetría de su tela
para enredar el día
y entrar viento en razón
la araña que se arriesga
entre los dos alambres
donde penden
las hambres del pardal
la araña que se oculta
segura de que algo no fue en vano

[te escucho desnudar a contraluz]

un día salgo sin abrir la puerta
el cuervo no lo advierte
                    y el caballo nevado
que remolca la carreta de estiércol
con su vaho me borra
                    como tizne se pierde
en una vertical del horizonte
plantada entre las lilas

su olor late en el pecho
reniega de sí mismo
                    enrojece los arces
me quedo mudo afuera
te escucho desnudar a contraluz
no soy lo que seré ni lo que fui
fermento de experiencia
                    duro eclipse

pero tú me señalas
entre la insatisfecha multitud
me empujas hasta el tálamo
entre muros con un raro equilibrio
sacas a lucir pechos
                    no entrados en razón
tus caderas socavan
hasta que la tierra cae en mi boca

los despiertos deliran
                    al laúd de la muerte
los dormidos han muerto y lo disfrutan
esperen o no la resurrección
a estas alturas nadie
                    debe esquivar la nada
como en el caso de la amante oculta
basta con no invocar su agrete nombre

tienes que desearlo
con todos los enroques de tu ánima
con todas las abejas de tu cuerpo
y si uno te traiciona
                    si una te da la espalda
un término un instante
                    no lo conseguirás
a la muerte sólo espanta el deseo

la ciudad descarnada se espabila
sin que canten los gallos
los sepultureros en overoles azules
emergen del vacío
reinan desidia y cal
                    los claveles robados
y la edad se desnuda
sin sombra ni vergüenza

unos huesos musgosos sobre sacos de yute
de alguna forma
                  se busca una tumba
anima la certeza de encontrarla
desiertos de una vez el pasado el futuro
y el presente la niebla
                      donde no se distinguen
los desechos que acabo de sacar

a la casa se vuelve por la puerta cerrada
la vieja metáfora de la luz
es un clavo torcido que no logra
sostener estos fustes contra el cielo
la sombra se desune
                    no estructura
con su aliento de pino calcinado
la muerte no es lo opuesto de la vida

[de ti saldré filoso como estoque]

las pequeñas derrotas
                     que traen las crecidas
se acumulan al borde de la dulce corriente
forman playazos donde los caimanes
al rumor de los lotos
                     se prendan de la luna
y la arena se agita
con el sabor profundo de tus ganas

como no tengo forma te penetro
serás mi basta funda
de ti saldré filoso como estoque
tu templanza vence mi poca fe
desanudas la angustia del reloj
eres la eternidad
que al cabo me revela
                     el alivio de ser

soñaste con mi muerte
me confiesas sin culpa en el café
desde el extremo opuesto de la luz
te despertaste para poner fin
al abierto final
y todo se congrega proletario
como un arcoíris
en el rotundo haz de la mañana

máquina de parir
eficiente y robusta
dan ganas de tornar
no al vientre de la madre sino al tuyo
calabaza embrujada a mediodía
dichoso quien te erice
se alimente de tu sal asimétrica
navegue por tus sueños

se busca desprenderse evaporarse
de este relumbre inhóspito
amor estructurado
con sereno fervor con buenas mañas
la nata y el incienso
las siestas a deshoras
el orinar sobre los heliotropos
no hay tregua en esta paz

como en tus asaltos de amanecida
me sumo a lo invisible
con un arresto que envidia la sombra
punto flexible y dócil
como el dorso cuando te vuelves runa
idea reencarnada
el vino transparenta la memoria
el norte libra el cielo de impaciencia

ya no escondes tu cuerpo
en hombrunos pantalones de pana
sus inviernos raídos
y cuando te despojas
entre el olor a brea y el lago congelado
puedo palparte el ánima
con tu desnudez se visten mis días
todas las noches hay claro de luna

si volviera a ser pez
que fuera en ti laguna de oregón
circulada por vientos resinosos
calizas transparentes
y nadar en un escalofrío a la ribera
de arenas iniciales
como nieve que se niega a sí misma
donde se invierte el mundo

[junto a la flor que no deja dormir]

junto a la flor que no deja dormir
sobre el costado opuesto al corazón
enumeras rendijas
y no vale gritar en tus adentros
desenterrar las ánimas los sones
ni sorberme en tu cáliz como ausencia
mejor es impedir que el sueño calque
otro renglón quebrado

al cierzo salitroso
te cubres con una interrogación
nada más útil que lo que no es
porque te obliga a estar
nada más bello que el cuarto revés
se vuelve a desclavar
la revoltosa nada
                                    es el umbral de todo

la lucha se macera sin laurel
el éxito se cuece sobre piedras
en la preparación para el fracaso
borracho como un pez en la creciente
dejas el paño bruno la entraña de tintero
para los vencedores del haulin
                                                    eso explica
tu contento con la última nieve

en el albo maizal has resistido
los aceros puntuales
no guardas la virtud en el desván
sin medallas tu pecho
                                         de guajiro se hincha
te gruñe la deshonra acorralada
tus hijos juegan en los ocho rumbos
tu mujer lleva anillo de tungsteno

me tomaste sin una sola finta
con filosa ternura
a golpe de radiante enunciación
como el valiente sé retroceder
hazaña de escudero
caballero que la cólera embrida
una zarza en cenizas que florece
está escrito en la hoja de mi espada

es arduo este romance
como cortar la primera cuña de un pastel
mi celo de tu sombra
no poder darte la pequeña muerte
el escollo la espuma todo lo facilita
tu aliento nevado mi tos ritual
al fin me libras de la perfección
y puedo ser perfecto

agitado sin fondo
estableces las cañas de bambú
que te abrigan de congojas y escarchas
los nervios enmadejas
das puntos de razón
un nudo desatado sin extremos
nadie puede cerrar la puerta que abres
hay finales felices

aún tu desinterés no es absoluto
y alientas para ser lo que no soy
se te escurre el orgullo entre los dedos
ásperos de la tiza
al menos tienes manos
con que seguir amasando el vacío
nada será como has imaginado
pero todo será

origem dos poemas

"fábula" pertence a *Cayama* (Santiago de Cuba: Uvero, 1979). "prólogo a *o arvoredo perdido* de Rafael Alberti", "um poema com tigre", "lógica", "hipótese" e "com raro cheiro de mundo" vêm de *Con raro olor a mundo* (Prêmio *David*, Havana: Unión, 1981). "autorretratos" integra *Noticiario del solo* (Prêmio *Plural*, México; Havana: Letras Cubanas, 1987). "mitomania", "instantânea", "senha" e "happy birthday" são parte de *Cuarto de desahogo* (Havana: Unión, 1993). "arte poética?", "à memória de", "cayama revisited", "engenharia naval", "poema com pardais", "drama de marco polo" e "vamos ver se me explico" têm sua origem em *Los poemas de nadie* (Medellín: Tecnológico de Antioquia, 1994). "nuvens", "cantina em cochabamba", "uma e outra vez" e "noturno de madri" podem ser lidos em *El último a la feria* (Premio *EDUCA*, San José de Costa Rica: EDUCA, 1995). "entrada", "bogotano", "an oregonian poem" e "elogio do neutrino" estão em *Oración inconclusa* (Prêmio *Renacimiento*, Sevilha: Renacimiento, 2000). O canto "quatro" está em *Actas de medianoche I* (Prêmio *Fray Luis de León*, Valladolid: Junta de Castilla y León, 2006), "onze" em *Actas de medianoche II* (Prêmio *Leonor de Poesía*, Soria: Diputación Provincial de Soria, 2007). "intempéries", "desterros" e "resguardos" têm sua origem em *tareas* (Prêmio Internacional de Poesía *Rincón de la Victoria*, Sevilha: Renacimiento, 2011). "manchas ou algo que não se espante com a luz" e "arredores ou a marmota se farta de crepúsculo" são parte de *reversos* (Prêmio *Jaime Gil de Biedma*, Madri: Visor, 2011). As décimas "1", "3", "6", "11", "20", "21", "23", "32", "35", "49", "53", "55", "66", "67", "71", "90", "97" e "100" provêm de *deshielos* (Granada: Valparaíso Ediciones, 2014). "[uns olhos que lhe roubaram o céu] 1, 2, 3 e 4", "[o cogumelo no amontoado da limalha] 3, 4, 5 e 7", "[a palavra ferrolho para sair do mundo] 2 e 6" fazem parte do livro *desde un granero rojo* (Prêmio *Alfons el Magnànim*, Madri: Hiperión, 2013). Os sonetos "santa maria", "malecón", "voo 1, 2 e 10", "ohio river valley", "27 mallard pointe", "paseo del prado" e "casa de zenaida" fazem parte de *despegue* (Prêmio *Fundación Loewe*, Madri: Visor, 2016). Os textos "1", "2", "5", "22", "32", "35", "44" e "50" vêm de *el cuaderno de la rata almizclera* (Buenos Aires: Buenos Aires Poetry, 2017). "[te escuto desnudar-se à contraluz]", "[de ti sairei afiado como um espadim]" e "[junto à flor que não deixa dormir]" estão em *enseguida [o la gota de sangre en el nivel]* (Santiago do Chile: RIL-Ærea, 2018).

Sobre o autor:

Víctor Rodríguez Núñez (Havana, Cuba, 1955) é poeta, jornalista, crítico, tradutor e professor. Publicou dezessete livros de poesia, quase todos premiados e republicados, sendo os mais recentes *desde un granero rojo* (Prêmio *Alfons el Magnànim*, Hiperión, 2013), *despegue* (Prêmio *Fundação Loewe*, Visor, 2016), *el cuaderno de la rata almizclera* (Buenos Aires Poetry, 2017), *enseguida [o la gota de sangre en el nivel]* (RIL-Ærea, 2018) e *la luna según masao vicente* (Espacio Hudson, 2021). Antologias de seu trabalho apareceram em onze países de língua espanhola e em traduções para alemão, árabe, chinês, francês, hebraico, inglês, italiano, macedônio, sérvio, sueco e vietnamita. Durante a década de 1980, ele foi editor e editor-chefe da influente revista cultural cubana *El Caimán Barbudo*. Compilou três antologias que marcaram sua geração, além de *La poesía del siglo XX en Cuba* (Visor, 2011). Com Katherine M. Hedeen, traduziu poesia do inglês para o espanhol (Mark Strand, C. D. Wright, John Kinsella) e do espanhol para o inglês (Juan Gelman, Antonio Gamoneda, José Emilio Pacheco). Doutor em Literaturas Hispânicas pela Universidade do Texas em Austin, é professor dessa especialidade no Kenyon College, nos Estados Unidos. Para mais informações, veja: victorrodrigueznunez.com

Sobre os tradutores:

Prisca Agustoni nasceu na Suíça italiana e, desde 2002, mora no Brasil, em Juiz de Fora (MG). É poeta, tradutora e professora de literaturas italiana e comparada na UFJF. Integra o conselho editorial das Edições Macondo e, na Suíça, a curadoria do festival literário internacional *Chiasso Letteraria*. Colabora com jornais e revistas literárias na Itália e no Brasil.

Escreve e se autotraduz em italiano, francês e português e faz desse lugar intersticial entre as línguas seu motor de criação e de pesquisa acadêmica.

Estreou na poesia em 2001 com *Inventário de vozes / inventario di voci* (ed. bilíngue, Mazza Edições), ao qual se seguiram vários títulos, nas três línguas, entre os quais *A recusa* (Lisboa, Pasárgada, 2009), *le déni* (Genebra, Samizdat, 2012), *Un ciel provisoire* (Genebra, Samizdat, 2015), *casa dos ossos* (Macondo, 2017, semifinalista Prêmio Oceanos), *Animal extremo* (Patuá, 2017), *L'ora zero* (Falloppio, Lietocolle, 2020), *O mundo mutilado* (Quelônio, 2020, Finalista Prêmio Jabuti), *Lingua sommersa* (Milão, Isola, 2021) e *O gosto amargo dos metais* (7letras, 2022, Prêmio Belo Horizonte de poesia).

Edimilson de Almeida Pereira nasceu em Juiz de Fora, em 1963. Poeta, ensaísta, ficcionista, autor de literatura infanto-juvenil e professor na Faculdade de Letras da Universidade Federal de Juiz de Fora. De sua obra ensaística, destacam-se, dentre outros, os livros *Os tambores estão frios: herança cultural e sincretismo religioso no ritual de Candombe* (Mazza, 2005, Prêmio Vivaldi Moreira da Academia Mineira de Letras, 2004); *Entre Orfe(x)u e Exunouveau: análise de uma epistemologia de base afrodiaspórica na Literatura Brasileira* (Azougue, 2017), *A saliva da fala: notas sobre a poética banto-católica no Brasil*

(Azougue, 2017, Prêmio Sílvio Romero de Folclore e Cultura Popular/ FUNARTE, 2002).

Estreou na publicação de poesia em 1985, com o livro *Dormundo* (Edições d'lira, Juiz de Fora). Recebeu, dentre outras as distinções o Prêmio Nacional de Literatura UFMG, pelo livro *Ô lapassi & outros ritmos de ouvido* (1988). Em 2019, publicou a antologia que reúne parte de sua obra, *Poesia+ (antologia 1985-2019)* (Ed. 34). É autor ainda dos romances, todos de 2020, *Um corpo à deriva* (Macondo), *O ausente* (Relicário) e *Front* (Nós), este último vencedor do Prêmio São Paulo de Literatura.

9788593478239

Este livro foi impresso na gráfica Psi7,
em papel pólen natural 80 g/m² e cartão 250g/m²
e composto em Adobe Garamond Pro.